불빨

화염포식자

14

이루다 현대판타지 장편소설

dream books
드림북스

불빨 - 화염포식자 14

초판 1쇄 인쇄 2017년 9월 11일
초판 1쇄 발행 2017년 9월 21일

지은이 이루다
발행인 오영배
기획 박성인
책임편집 이신옥
일러스트 최단비
표지 · 본문 디자인 권지연
제작 조하늬

펴낸 곳 (주)삼양출판사 · 드림북스
주소 서울시 강북구 도봉로 173
대표 전화 02-980-2112 **팩스** 02-983-0660
편집부 전화 02-980-2116 **팩스** 02-983-8201
출판등록 1999년 3월 11일 제9-00046호

ISBN 979-11-283-9116-3 (04810) / 979-11-313-0589-8 (세트)

+ 이 도서의 국립중앙도서관 출판시도서목록(CIP)은 서지정보유통지원시스템홈페이지(http://seoji.nl.go.kr)와 국가자료공동목록시스템(http://www.nl.go.kr/kolisnet)에서 이용하실 수 있습니다. **(CIP제어번호: 2017023198)**

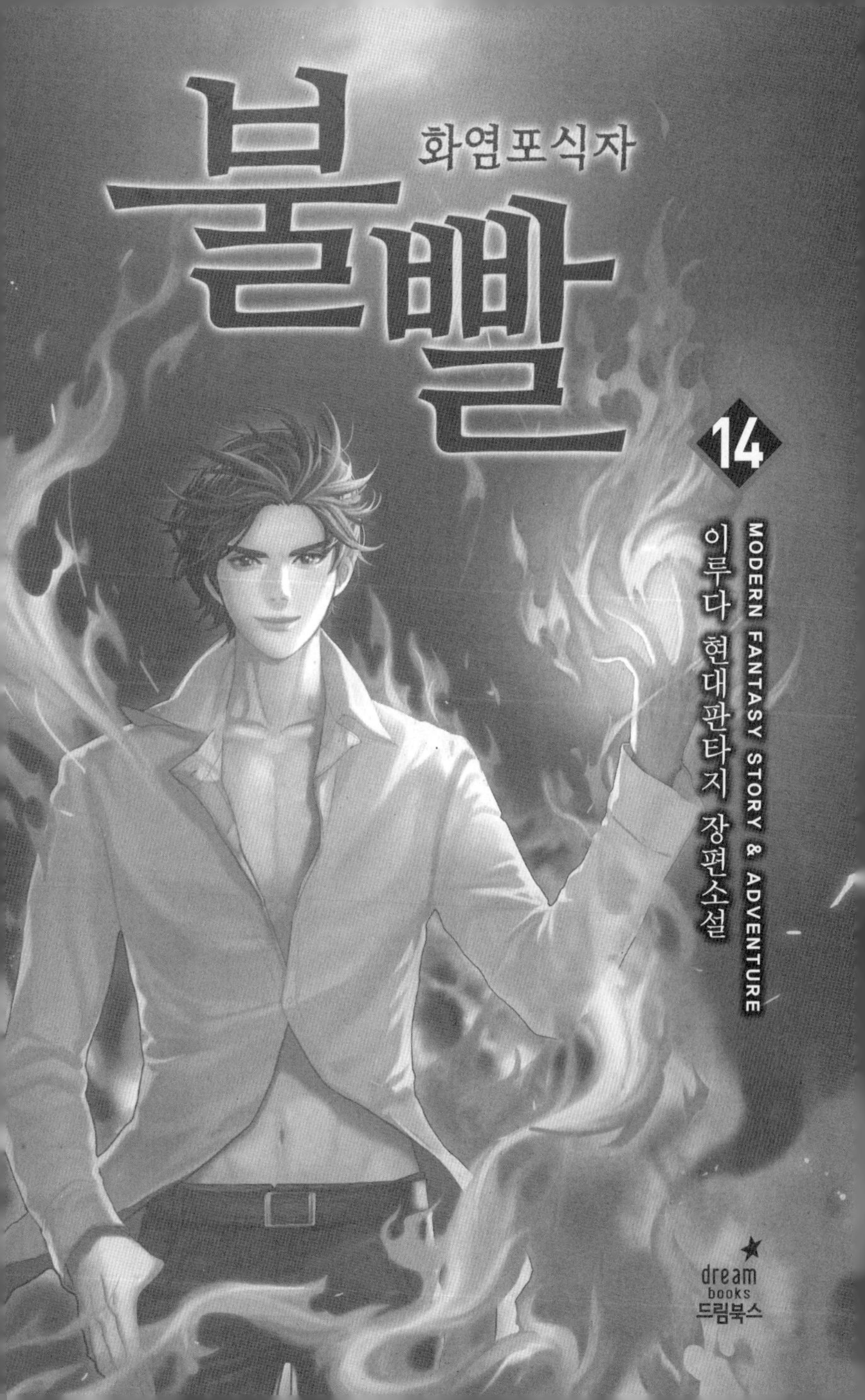
불빨
화염포식자
14
이루다 현대판타지 장편소설
MODERN FANTASY STORY & ADVENTURE
dream
books
드림북스

목차

Chapter 1.
막무가내!

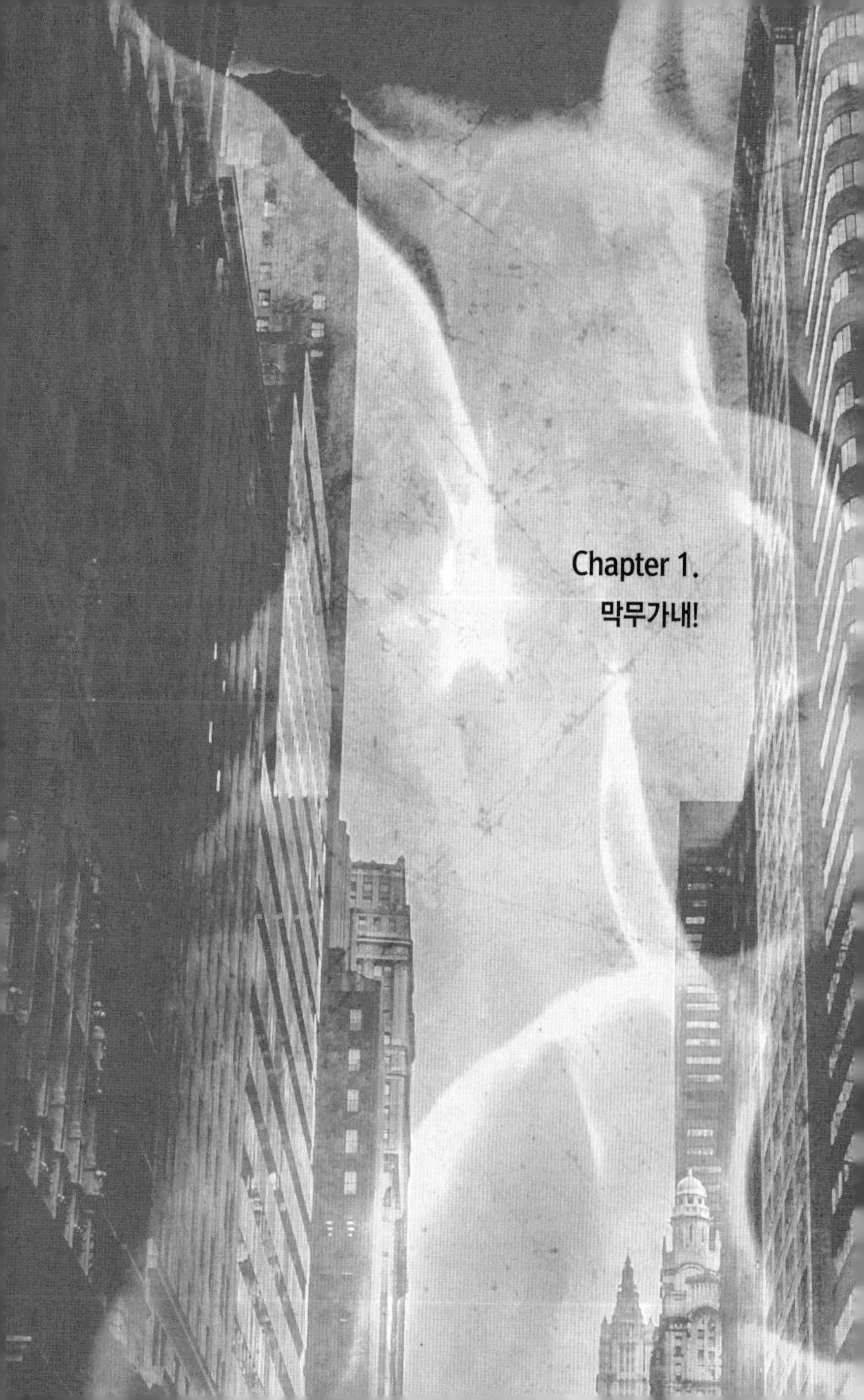

그녀는 막무가내였다.

"회의 중입니다!"

"무슨 회의! 지금 상황이 이런데! 어서 나오지 못해!"

지금에서야 나아졌지만, 어린 시절의 무대뽀스런 성질이 어디로 간 건 아니었다.

다짜고짜 천정 길드로 쳐들어오고 있는 그녀의 모습은 분명히 정상은 아니었다.

"들여보내."

"넵!"

그 한참의 실랑이도, 결국 정상수가 그녀를 자신의 사무

실로 들여보냄으로써 끝이 났다.

"대체 무슨 일인데 그 꼴이야?"

"꼴!? 이게 지금 무슨 상황인지를 몰라서 그래!?"

며칠은 잠을 자지 못한 걸까.

평상시 자신의 미모를 자랑스러워하던 그녀는, 자신을 갈고닦는 데도 열심히였다.

그런데 지금은 그런 평소와는 너무 거리가 멀었다.

머리는 살짝 산발이 돼 있었고, 눈가에는 다크서클까지 내려앉아 보일 지경이었다.

거기에 옷에 여러 구김이 들어가 있는 상태를 보니, 확실히 평소의 주은영과는 너무 달랐다.

눈에 핏대까지 잔뜩 선 것이, 신경이 곤두서 있는 게 분명해 보일 지경이었다.

어지간한 일에도 다 늙은 너구리라도 된다는 듯이 여유를 부리던 그녀와는 전혀 다른 모습이었다.

'……너무 오랜만인데.'

물론 어려운 시절을 한참 같이 뒹군 정상수로서는 처음 보는 모습은 아니었다.

그녀가 아직 경험이 얼마 없었을 때. 그녀의 상상 이상으로 강한 적을 보았을 때. 그녀는 저런 모습을 쉬이 보이곤 했다.

시간이 지나서 경기 서부의 지배자 노릇을 하기 시작하고, 꽤 많은 경험을 쌓은 뒤로는 그런 모습을 안 보였건만.

어지간히도 상황이 안 좋게 돌아가는 듯했다.

"진정하라고. 대체 무슨 일이야."

"……후우…… 후."

그녀가 크게 심호흡을 한다.

잠시 이성을 잃었었지만, 이 상태에서조차 정상수와 줄다리기를 하기에는 상황이 안 좋음을 알고 있는 게다.

호흡을 정리하고, 산발됐던 머리를 슬쩍 정리하고 난 뒤에서야 그녀의 눈빛에 조금은 이성이 돌아왔다.

"공격이 들어왔어."

"공격이야 항상 들어왔지 않나?"

"그런 정도의 공격이 아냐. 이건 서부에 있던 조직이 하는 게 아니라고!"

"그게 무슨 소리야?"

경기 서부는 막장이었다.

겉과 속이 완전히 달랐달까.

겉으로는 한창 발전을 하고 있었다.

길드도 없는 상황에서 천정 길드가 들어서고, 그 이전에 자라난 길드가 자리를 잡았다.

그리곤 그들이 사냥을 하고 돈을 풀기 시작하니, 경제가 돌기 시작했다.

오죽하면 땅값도 올랐다는 말도 들릴 정도.

분명 겉으로 보기에는 서부의 상황은 확실히 좋아지고 있었다.

문제는 겉이 아닌 속!

그 속에는 이능력을 가진, 헌터들의 범죄 조직들이 자리하고 있었다.

그들의 수좌라 할 수 있는 여왕이 주은영이었다. 얼마 전까지는.

하지만 그녀를 제외하고도 많은 조직들이 몬스터 웨이브 이후 경기 서부로 흘러들어 왔다. 없던 조직들도 새로 만들어졌다.

그 뒤로 막장도 그런 막장이 없었다.

서로 죽이고, 다투고, 영역을 인정하지 않았다.

큼직한 조직 여럿이서 싸워대니, 밤의 경기 서부는 막장이 될 수밖에 없었다.

오죽하면 나눠먹을 생각이라고는 눈곱만큼도 하지 못하는 주은영이 정상수를 경기 서부로 끌어들였을까.

그래도 주은영이 천정 길드의 위세를 업고 다니고부터는 이야기가 달라졌다.

대번에 상황이 정리돼 갔다.

특히 천하의 이준성이 헌터 관리원에서 투입된 자들에 밀려서, 완전히 공중분해가 됐을 때는 그녀의 세상이나 다름없었다.

어지간한 굵직한 조직도 그녀에게 고개를 숙이기 시작했다.

그녀의 힘을 슬슬 무시하기 시작하던 조직원들도 다시 그녀에게 복종을 보였다.

거기까지는 좋았다. 거기까지는. 그런데!

"다짜고짜 습격이 오고 있다고. 우리 쪽이든. 아니면 다른 조직들이든 간에!"

"전체를 다 습격하고 있다는 소리야?"

"그래. 간부쯤 되는 이들이 제대로 털리고 있어. 그 밑의 애들은 볼 것도 없다구. 이능력이 있으면 일단 털려."

그녀로서도 일반 조직원들, 이능력도 없는 자들은 상관없었다.

문제는 이능력자를 가진 조직원들이 털리고 있다는 것이었다. 그들은 조직의 핵심이었다.

그런 핵심이 날이 갈수록 줄어들고 있었다.

"흠……."

여기까지 들었을 때의 정상수는 그다지 위기감을 가지지 못했다.

'상관없을지도…….'

경기 서부만 차지하면 정상수에게는 주은영도 어차피 적이었다. 권력을 나눠먹을 수 없으니 처리해야 하는 적.

김기환 덕분에 이곳에 오면서 입은 손해도 막심한지라, 그녀의 이득이라도 뺏어야 할 상황이기도 했다.

해서 차라리 잘됐다고 여겼는데, 뒤를 잇는 그녀의 설명에는 그도 눈을 크게 뜨며 놀랄 수밖에 없었다.

"애들이 죽는 게 아냐. 이능력이 다 사라지고 있다고!"

"이능력이 사라졌다?"

"그래! 이게 뭘 뜻하는지 모르겠어?"

"……하. 이능력이 봉인된다라."

"그게 누구겠냐고!"

"……."

죽이지 않는다. 다만 모든 것이나 다름없는 이능력을 없앤다.

꽤 익숙하지 않은가. 정상수로서는 이미 여러 번 겪어봤던 바였다.

'……김기환. 이런 식으로 나오겠다는 거냐.'

자라난 길드. 그곳에서 사람을 처리하는 방식이 딱 그랬다.

자신이 김기환을 잡기 위한 올가미를 만들고 있을 때. 김기환은 생각지도 못한 곳에서부터 자신의 영역을 꾸리고 있었던 거다.

언젠가 자신이 차지할 영역. 주은영의 영역에 숟가락을 들이밀고 있었다.

"젠장……."

겉으로 드러난 길드. 속으로 숨어 있는 여러 조직들. 그걸 이용하고 사용하는 건 거대 길드들의 방식이다.

그런데 김기환이 그걸 역으로 사용하고 있었다.

이제 막 만들어진 신생 길드인 주제에!

'생각 이상이야.'

언제나 그렇지만 자신이 상상하는 것 이상의 수를 보이고 있었다.

허나 그렇다고 물러날 수도 없는 터.

"무슨 이야기라도 해 봐! 네가 제대로 움직이지 못하니까. 나에게까지 불똥이 튀잖아!"

"네가 네 영역을 제대로 관리 못 하는 게 아닌가?"

"너어! 네가 할 소리는 아니지 않아? 이쪽이 무너지면 너도 곤란하잖아?"

순망치한(脣亡齒寒)이라 했다.

그녀의 말대로 그녀의 조직이 무너지면, 이쪽이 김기환에게 벌이던 수작질을 역으로 당할지도 모를 일이었다.

자라난 길드원 가족들에게 하던 짓을 이쪽 천정 길드가 당할 수도 있다.

그리고 그 미친 김기환이라면.

'그 이상의 짓도 벌이겠지.'

김기환이 더한 짓을 하기 전에 이쪽도 움직여야 했다.

"젠장…… 수를 내 보지."

"그것만으로는 안 된다고! 그 이전에 사람도 지원해!"

"그 정도는 네가 처리해야 하지 않나?"

"무리라고. 이러다 다 죽는다니까? 알잖아?"

"후우…… 당장 찾아보지. 알았다."

김기환에게 제대로 끌려다니고 있는 그들이 무슨 수를 낼지는 지켜봐야 할 일이었다.

*　　*　　*

사람을 심어 뒀다. 그 정도는 일도 아녔다.

사실 주은영이 대낮부터 천정 길드의 문을 두드린 건, 사람을 심어 두지 않아도 크게 소문이 났을 정도다.

김기환 쪽의 공격에 워낙 다급해진 주은영이 너무 거창하게 움직여버렸다.

그 소식을 밤에 일을 벌이고 한참 눈을 붙이고 있는 김기환에게, 허웅이 잘도 가져왔다.

"천정 길드에 주은영이 왔다가 갔다?"

"씩씩대고 들어갔다가, 환해져서 나왔다는데? 네가 움직여서 그런 거 맞잖아?"

"그거야 그렇지."

허웅도 눈치란 게 있었다.

김기환이나 운이철이, 뭘 하는지 얼핏 알고 있었다. 김민희와 이준성의 존재도 확실히 알고 있었고.

그러니 대뜸 소식을 가져 온게다.

"딱 봐도 천정에서 힘 좀 실어 받겠다는 거 아니겠냐? 어떻게 생각해?"

"흠…… 그렇겠지. 천정 쪽도 여유가 있는지는 모르겠지만."

"너 설마…… 천정에도 일 좀 벌여놨냐?"

"건물 폭파 정도? 안 그래도 레이드 실패해서 돈도 없을 텐데. 꽤 힘들걸?"

"크흐. 역시…… 그거 폭발시킨 거 너였구만?"

"고런 거지."

"성격 파탄자 새끼. 하여간에 천정이 불쌍하다……."

어째 천정을 동정하기 시작하는 허웅이었다.

'잘못 걸렸어. 이쪽이야 의뢰로 엮였다지만…….'

안 그래도 허웅도 당한 전적이 있었지 않나?

김기환의 목숨가지고 장난질 치려다, 한바탕 크게 당했었다.

지금이야 누구보다 연이 질긴 같은 편이 되었다지만, 운이 좋았을 뿐이었다.

'이놈은 역시 보통이 아냐.'

김기환과 같이하게 된 걸 천운이라고 여기게 될 정도면 말 다 했지 않나.

그가 보기에 친구로서의 김기환은 몰라도, 적으로서의 김기환은 최악이었다.

어쨌거나 그런 짓을 벌여 놓고도 김기환은 희희낙락이다.

"뭐냐 그 눈빛은. 어차피 그거 말고도 준비해 놓은 건 꽤 많다고."

"독한 놈!"

"흐흐. 칭찬으로 듣지!"

대체 뭔 수를 내놓은 건지는 몰라도, 천정이 움직이는 순간 크게 당할지도 모를 일이었다.

"으차! 잠은 다 잤군!"

허웅이 소식을 물고 와서 잠이 깬 덕분인 건지, 그도 아니면 잠시 눈을 붙인 것만으로도 충분했는지는 몰라도 김기환이 몸을 일으킨다.

그리곤 장비들을 챙기기 시작한다.

요 근래 들어 뽑지 않던 검까지 챙겨들었을 정도다.

"어? 검은 왜? 요즘은 몸만으로 움직이는 거 아녔어?"

"슬슬 저쪽도 준비를 하더라고. 이쪽도 제대로 해 줘야지."

건들건들 움직이기 시작하는 김기환.

당장 보이는 모습만 봐서는 하릴없는 백수가 소일거리라도 때우러 가는 모습이었지만. 그 뒤에서 그런 그를 가만 바라보는 허웅으로선.

"크흐……."

앞으로가 훤히 그려졌다.

'적인데…… 명복이라도 빌어줘야 하나.'

김기환이 본격적으로 움직인다고 하면 뻔하지 않은가?

안 그래도 미친 듯이 적을 털어버리고 있던 김기환이, 더 제대로 적을 벗겨 먹겠다는 소리였다.

얼마나 많은 자가 그에게 당하겠는가? 허웅으로선 적이지만 불쌍할 정도였다.

그런 허웅의 마음을 아는지 모르는지.

"오늘부터는 대규모죠?"

"후후. 볼 만할 겁니다."

김기환은 한바탕 한다는 것에 잔뜩 눈을 빛내고 있을 뿐이었다.

* * *

적들도 바보는 아니다.

어디 밤길에 나가기만 하면 이능력부터 봉인당하고 보지 않나.

한두 명도 아니다. 어디 정보망이라도 있는지, 어떻게든 털리고 있다. 강하든 약하든 상관없이 아주 공평하게 이능력이 사라진다.

안 그래도 이들은 쌓은 원한이 많았다.

이능력 하나 믿고, 일반인을 아주 금수 대하듯 대한 자들도 천지였다.

없는 사람의 것을 뜯어내고, 볶아 대고, 괴롭히는 건 이들의 취미 정도밖에 되질 않았다.

가장 큰 건은 역시.

'사람 대 사람.'

같은 이능력자들끼리, 영역 다툼을 벌인답시고 전투를

해댄 게 가장 큰 건들이었다.

이능력 하나 믿고서, 상대 이능력자를 아예 싹둑 죽여버리는 건 예삿일이었다.

그들이 속한 조직 전체를 밀어붙이는 것은 당연히 해야 할 일이었다.

고로 원한이 많이 쌓였다.

이런 상황에서 이능력이 사라진다? 그들이 온갖 금수만도 못한 짓을 하게 만들어줬던 원동력이나 다름없는 이능력이?

그건 정말 죽음보다 못한 일이었다.

'지혁수.'

가장 먼저 당했던 이.

그는 이미 저승길에 간 지 오래였다. 들리기로는 온몸이 조각 나서 죽었다던가.

그냥 깔끔하게 보내진 것도 아니고, 온갖 고문은 다 당하다가 죽었다는 소문이 파다했다.

뻔하지 않은가?

습격을 받은 그날에 그는 분명 죽지 않았었다. 그 다음날도, 또 그 다음날도 분명 살아 있었다.

그러다가 며칠 후. 스리슬쩍 사라졌다가 시체만 나왔을 뿐이었다.

원한에 의한 살인이었다.

지은 죄가 있다 보니 제대로 당한 거다.

누가 말하기로 중간에 치료의 흔적도 있었다고 하니.

더 큰 고통을 주려고 치료를 하다가, 상처를 내고, 또 고문을 하면서 죽였을지도 모를 일이다.

분명 아주 고통스럽게 죽었겠지!

그런 상황에서 간도 크게 나가서 몸을 움직일 만큼 큰 담력을 가진 자는 그 어디도 없었다.

대신에 모였다.

"……오늘은 넘기겠지?"

"재수 없는 소리 하지 마. 시바. 이렇게 모여 있는데 누가 와!"

"그래도……."

백지장도 맞들면 낫다고 하지 않던가.

모여 있으니 그들에게 위안을 주기는 줬다.

혼자라면 모를까 이렇게 여럿이 모여 있는 상황이다. 그것도 조직에 상관없이 수십씩 모여 있는데 누가 오랴 하는 생각이 들었다.

"괜찮을 거야."

"암…… 그래야지."

행동대장 정도 되던 지혁수도, 강하다고 소문이 났던 김교성도 당하기는 했지만.

여기 모인 이들 전체를 상대한답시고 쳐들어올 거라고는 그들의 상식선에서 상상을 할 수가 없었다.

아무리 김기환이 미친놈이라 소문나기 시작했어도, 설마 수십씩을 상대하랴 싶었다.

"야야. 근데 그 미친놈 불같은 거 지르고 시작하지 않냐?"

"그래서 물 이능력자들도 모였잖아!"

"……괜찮을라나. 운상 그놈도 훅 갔잖냐. 그때보다는 훨씬 세졌다는데."

"아, 좀 닥쳐라! 그렇게 불안하면 꺼지든가!"

그놈이 워낙에 미친놈이라 불안하기는 하지만, 그래도 애써 불안을 달랬다.

그런데.

콰아아아아앙—!

"뭐야!?"

"불인가!"

정문에서부터 폭음이 일어났다. 그들이 생각하던 불을 지르고 보던 김기환은 어디에도 없었다.

다만 검을 싹 빼들고서는.

"요기 있었네? 이놈들?"

"오늘은 금방 끝날지도 모르겠군요. 다 모여 있으니. 후후."

사람 잡는 악마처럼 눈을 밝히면서 달려들고 있는 김기환이 있었다!

*　　*　　*

불을 지르기는커녕, 정면으로 달려오는 김기환.

홱까닥 돌아 버린 듯 달려오는 김기환의 모습에, 여기에 머무르고 있던 수십의 헌터가 대번에 기세가 밀려버린다.

"저 미친 새끼!"

일부는 당황하기도 하고.

"너! 도망가지 마! 다 싸우면 된다고!"

"에이. 시바. 어차피 퇴로도 막혔어. 다들 뭉쳐!"

또 일부는 도망을 치려다가, 퇴로마저 막힌 것에 절망한다.

그래도 이들은 맞기보다는 때리고 보는 놈들 아닌가. 쉽게 말해 나쁜 놈들.

퇴로도 막힌 상황에 이들이 선택할 거라곤 뻔했다.

"다들 무기 빼들어! 새끼들아!"

"몇 명 되지도 않는다고! 차라리 입구를 뚫어!"

각자 무기를 빼들고서는 정면으로 대항하는 걸 택했다.

모 아니면 도라고. 이도 저도 안 되는 상황이면 차라리 덤벼들기를 택한 거다.

"어쭈?"

그런 그들의 모습을 같잖다는 듯 바라보던 김기환이 차라리 잘되었다는 듯 칼춤을 추기 시작했다.

* * *

우에서 좌로.

샤아아악—

'고수라도 된 거 같군.'

이능력을 잔뜩 실은 그의 검이 꽤 그럴듯한 검의 선을 만들어 낸다.

단순한 휘두름이지만. 그 휘두름에 어마어마한 힘과 속도가 실리면.

콰즉.

"크읏……."

상대가 들고 있는 거대한 해머. 그 두터운 중병기를 아작내버릴 정도의 파괴력 정도는 쉽게 가져버린다.

뚜욱. 뚝.

해머를 쥐고 있던 상대편의 손아귀가 터진다. 피가 쏟아져 흘러내린다.

놀란 눈으로 김기환을 바라보는 상대, 이엽. 그로서는 자신의 애병이나 다름없던 해머가 순식간에 깨진 게 믿을 수 없는 눈치였다.

딜러는 아니라지만, 탱커로서 그가 가진 힘은 어마어마할 정도!

그러니 그가 놀라는 것도 당연한 이야기긴 했다. 그의 상식선에서 해머와 검이 부딪쳤는데 해머가 작살나는 건 말도 안 되는 일이었다.

그러거나 말거나.

"……그러길래 덤비질 말았어야지! 쯧."

퍼어억.

놀라서 멍해 하고 있는 이엽에게, 김기환의 발이 그대로 명치에 작렬한다.

세게 들어간 명치 한 방!

"……크웩. 우욱."

그 한 방에 자신이 무얼 먹었는지, 보여 주려 하는 이엽.

"어엇!"

그제서야 무서운 걸 피한다는 듯 슬쩍 물러나는 김기환

이었다.

매서운 속도로 날아오던 해머보다도, 이엽이 저녁까지 먹었던 '증거'가 자신의 몸에 튀는 게 더 싫은 듯한 몸짓이었다.

그 사이. 옆에서 한바탕 난전을 벌이고 있던 이준성이.

"이거 이러다 오늘은 내가 이깁니다?"

"으랴얍!"

단검을 들고서 달려드는 적의 손목을 그대로 잘라 버리고서는, 농담까지 던져댄다.

"크아아악!"

상대가 고통스러워하든 말든. 바로 다음 목표를 향해서 움직이기 시작하는 이준성.

'오늘만큼은!'

그동안 김기환과 벌였던 '누가 더 많이 처리하나' 내기에서 전패를 했던 이준성.

그로서는 오늘만큼은 자신이 더 많은 수를 처치하겠다는 듯 광기까지 보이고 있을 지경이었다.

"죽엇!"

"개소리!"

그는 수단과 방법을 가리질 않았다.

~~푸우욱—~~

상대가 달려들면 달려드는 대로 큰 한 방을 선사해 줬다.

잘라 버리는 건 예삿일에 덤으로 온갖 괴이한 일도 해댔다.

주무기로 사용하는 것도 따로 없는 건지, 아니면 꺼낼 필요도 없다고 여기는 건지 몰라도 상대의 무기를 빼앗아서는.

~~푸우욱—~~

"다시 받아가라고!"

"으허어어억."

그대로 칼침을 놔줬다.

상대의 검을 뺏고, 그걸 자신의 손에 쥐고, 다시 찌르는 것이 물 흐르듯 자연스러웠다.

마치 미리 짜 놓은 경극과도 같은 몸놀림이었다.

워낙에 신속한지라, 마치 김기환처럼 한 번에 한 명씩 상대가 무력화된다.

김기환이 끝까지 가는 것을 되도록 피하는 것을 알기에, 죽이지는 않지만 그래도 한 방 한 방이 매우 치명적이었다.

한 걸음. 한 걸음.

"한 방 먹으라고."

"크아아악."

그가 발길을 옮길 때마다 쓰러져 나갈 뿐이었다.

당하는 입장에서는 지옥이나. 보는 입장에서는.

"휘유. 저것도 기술이라니까는."

신기(神技)도 그런 신기가 또 없었다.

상대의 불 이능력을 뺏어 쓴 적은 있어도, 상대 무기 자체를 뺏어 쓰는 건 김기환으로선 상상도 못 했다.

실상 저런 기술은 가진 것 하나 없던 이준성이 어떻게든 살아남으려 얻었던 기술인 터.

내 것이 없으면 상대 것이라도 뺏어서 죽이겠다는 마음가짐으로 얻은 기술이긴 하지만, 거기까지는 김기환으로서도 알 길이 없었다.

그저 당장 그로서 중요한 것이라고는.

'밀리겠는데 이거?'

아예 독기를 품은 이준성에게 처음으로 제가 밀릴 수도 있겠다는 위기감이 중요했다.

'안 되지 그럼.'

길드장으로서, 또한 남자 특유의 이상한 승부 근성으로서도 이준성에게 밀릴 생각은 없는 김기환이었다.

그렇기에 슬쩍 운이철을 바라보며 묻는다.

"주은영이 정상수 찾아갔다는데. 어차피 우리 들킨 거

같죠?"

"확실히 그렇긴 합니다. 조심한다고 했는데…… 어쩔 수 없는 일이죠."

일종의 확인 절차였다.

지금까지야 정체를 숨겨야 해서, 최대한 이능력을 숨겨왔지만 어차피 들킨 거 아니냐 하는 확인 절차.

"그럼 더 숨길 것도 없다는 거네요?"

"그렇죠?"

"후후. 그럼 된 겁니다."

그 적당한 확인 절차가 끝나자마자.

화아아아악—

김기환은 이능력을 단번에 크게 끌어올리기 시작했다.

어마어마한 힘의 유동.

"……헛."

"어억?"

당장 전투를 벌이고 있었던 모두의 시선이 김기환에게로 가는 건 본능이라면 본능이었다.

자신들은 상상도 할 수 없는 힘이 움직이는데 그 어떤 이능력자가 안 보고 배기겠는가!

"설마! 그건 반칙이라고!"

역시 눈치가 빠른 이준성!

밑바닥에서부터 굴러먹어 올라온 그답게 단번에 김기환이 뭘 할지를 눈치챘다.

"후후. 그러니까 길드장을 이길 생각을 말았어야지!"

"이 망할!"

퍼어어어억—

이번에도 질 수는 없다는 듯, 이준성이 다시 재빨리 움직이기 시작한다.

"크억."

"아아아악!"

"시바. 내 팔!!"

빼앗고, 째고, 찌르고. 아주 미친 듯이 움직이면서 적들을 고꾸라트리기 시작한다.

'안 된다. 안 돼.'

이번만큼은 질 수 없다는 필사의 집념이 담겨 있는 몸놀림이었다.

하지만.

"그만 마무리하자구."

따악!

김기환이 손가락을 튕기는 순간.

화염이 번져나가기 시작한다. 아군과 적군을 구분할 수 있다는 듯, 이준성과 김민희의 수하들은 전부 피해 간다.

그대로 적들에게로 작렬을 할 뿐이었다.

그리곤 그대로.

콰아아아앙!

어마어마한 화력을 내면서 적들에게 폭발을 일으키기 시작한다.

"크아아아아악!"

화염과 함께 가득한 건 오로지 비명뿐이었다.

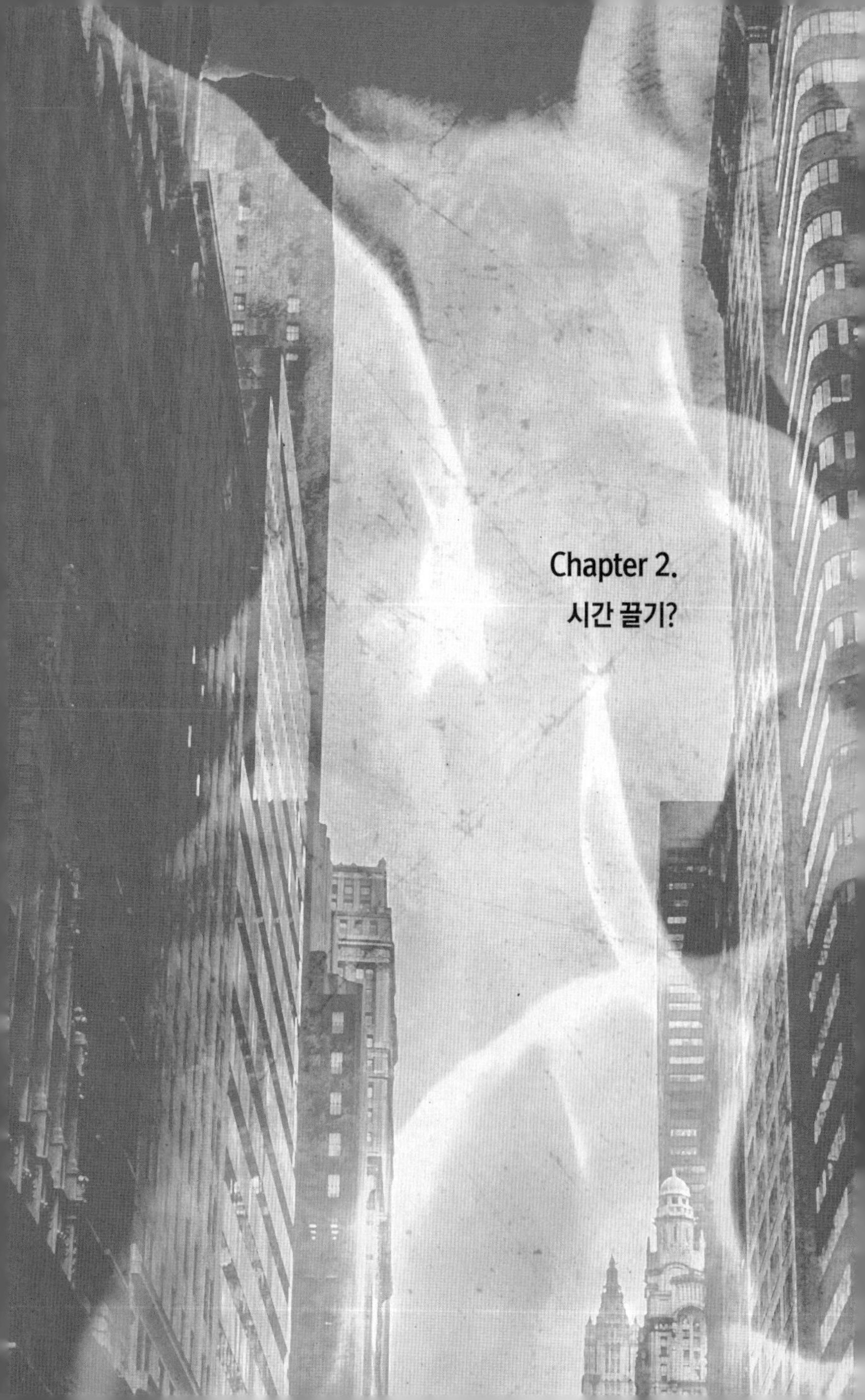

Chapter 2.
시간 끌기?

시원한 얼굴이다.

십 년 묵은 체증이 다 사라진 표정이었다. 특히 김기환의 경우는 그 정도가 더욱 심했다.

"또 졌어!"

"흐흐. 이길 생각을 하지 말라니까? 될 리가 없다고!"

"이능력까지 쓰는 건 반칙 아닙니까? 응!?"

"에이. 오늘은 준성 당신도 썼잖아? 그래도 진 거라고."

"크흑……."

내기 덕분!

전투를 벌이는 족족 이준성을 매일같이 이겨 먹으니, 김기환의 성격상 안 좋을 리가 있겠는가.

아주 행복해 죽을 표정이다. 그 표정을 숨기지 않고 다 드러내고 있는 상황.

덕분인지 이준성은 더더욱 패배의 쓴맛을 제대로 느끼고 있었다.

한참 실랑이를 벌이는 둘. 그 둘을 보며 어쩔 수 없다는 듯 푹 한숨을 내쉬는 운이철이었다.

'잘하고는 있는데 말이지.'

저렇게 실랑이를 벌이는 둘은 전투 때는 확연히 다른 사람이다.

가벼워 보이는 지금과 다르게, 적을 상대할 때는 가차 없었다.

뒷골목에서 굴러먹었던 경험이 있는 이준성은 가차 없이 살수를 날려대면서 상대를 제압했고.

김기환은 살려는 주되, 거의 몇 달은 요양할 만한 상처를 남겨줬다.

사실 상처야 치유계 능력자가 와서 치유를 하면 하루면 넘어갈 상처긴 하지만, 그래도 소용은 없을 거다.

이능력마저 아주 깔끔하게 삭제를 했으니까!

어디 도망이라도 가려 하거나, 숨어 있는 자들도 전부 이 능력으로 감지해서는 손수 하나씩 처리를 해 주던 김기환이었다.

그래도 역시.

"아, 그러니까 다음에는 제대로 하자니까요?"

"흐흐. 다음에도 결과는 똑같을걸?"

"에이씨! 망할 길드장 같으니라고!"

저렇게 실랑이를 벌이는 걸 보면 애는 애다.

그 속내를 전혀 숨기지 않고 내뱉는 운이철이었다.

"자자, 애같이 굴지 마시고 오늘 전투나 정리하죠."

"애 같다뇨!"

"무슨 소리!"

애라는 소리에 동시에 반응하는 둘. 역시 누가 봐도 애들은 애들이었다.

그렇게 그날 하루의 전투도 마무리를 한다.

*　　*　　*

어스름한 새벽녘.

압도적인 전투라고 하지만 그래도 전투는 전투다. 시간이 걸리는 거까지는 어쩔 수가 없었다.

피곤한 몸이지만, 내일을 위한 정리를 한다.

"오늘은 딱 두 곳이로군요?"

"저들도 슬슬 더 많이 모여들고, 더 깊게 숨어들고 있으니까요."

"더 깊게…… 더 많이라. 더 많이는 좋은데 더 깊게 숨는 건 별로네요."

"역시 그렇죠."

적들도 바보는 아니다.

게임 속의 엑스트라처럼, 일정한 자리에 항상 있어 주는 게 아니었다.

김기환과 운이철의 눈을 피해서 아주 귀신같이 숨어들기 바빴다.

정면으로 안 되는 걸 깨닫고 나서부터는, 도망치는 데만 전력을 다하는 적들이었다.

어차피 저들은 길드도 아니고 범죄 조직이다 보니, 그 정도가 더 심했다.

본부고 뭐고 할 것도 없고, 우선은 내빼고 보니 이쪽에서도 찾는 게 보통일이 아니었다.

'처음보다 확실히 어려워졌지.'

그래도 죽자 살자 쫓아가면서 잡고는 있었다.

하루하루 조금씩.

저들의 본거지를 어떻게든 찾아내고 정리를 하고 있었다.

오래전부터 준비를 했었고, 위치도 미리 알아 놓은 바가

켰다. 거기다 이준성의 경우는 이곳 출신인지라 아주 도움이 됐다.

잡기가 어렵기는 하지만 성과는 분명히 있었다.

"저들도 죽을 맛이겠죠?"

"거의 삼 분의 일은 날려 먹었으니까요. 죽을 맛인 건 확실합니다."

"흐흐. 특히 암표범이라고 하는 그 여자가 아주 죽을 맛이겠죠. 제대로 노렸으니까요."

"안 그래도…… 이동을 하더군요. 천정으로요."

"역시! 뻔하네요."

"너무 뻔해서 망정이죠. 저들도 이제 슬슬 반격을 해 올 겁니다."

"흐음…… 또 어떤 식일는지 모르겠군요. 워낙에 더러운 것들이니. 그래도 깨부숴 봐야죠."

저쪽도 당한 게 많다.

주은영이라는 여자의 조직이 당한 건 천정으로서도 뼈아플 거다.

게다가 레이드 때는 제니스 길드의 길드원들조차도 물을 먹여 놨다.

서로가 확실히 적이 됐고 서로에게 칼을 겨눈 지가 오래다.

'문제는 저쪽이 어떤 칼을 내놓느냐 이건데. 흐음…….'

자라난은 아직은 작은 망치일 뿐이었다.

그런 자라난이 상대해야 하는 작은 망치로 수백 수천 번을 때려대도 버틸 만한 거대한 바위였고.

다윗과 골리앗의 싸움에서는 단 한 번의 돌팔매질로도 승부를 낼 수 있었겠지만.

지금의 싸움은.

'크고 작게 계속해서 이겨야만, 겨우 저들을 상대로 승리를 할 가능성이 보이는 싸움.'

지속적으로 적을 깨고 또 때려 부수고, 모난 부분을 쳐내야만 이겨낼 수 있을 그런 싸움이었다.

저쪽은 몇 번이고 지더라도 버틸 힘이 있지만, 이쪽은 한 번 삐끗하면 나락으로 떨어진다. 모든 게.

그러니 질 수가 없었다. 저들이 어찌 반응을 해오든, 자라난은 더 잘해내야 했다.

'이겨야 하니까.'

계속해서 긴장감을 가지고, 적들을 막기 위한 계책들을 밤새도록 짜내는 둘이었다.

* * *

"대체 언제 지원을 해 줄 건데!"

"……기다려 봐."

그녀로서는 꽤 다급해질 수밖에 없는 상황이다. 상황은 명백했다. 김기환이 말했듯 주은영의 조직원들이 특히 집중적으로 당하고 있다.

그녀가 천정에 오자마자 히스테릭하게 소리를 지르는 것도 이해는 갈 만한 장면이었다.

허나 그녀를 받아줘야 할 정상수로서도.

"후. 이쪽도 지원이 오는 데 시간이 걸린다고. 거기다 다른 걸로 준비도 하고 있으니까."

"준비? 대체 그 준비라는 건 얼마나 걸리는 건데."

"……."

당장은 수가 없으니 답답할 수밖에 없었다.

전체라면 모를까, 천정과 주은영은 분명 자라난에 밀리고 있었다. 저들이 아주 작정을 한 듯이 천정과 주은영의 전력을 잘도 깎아 먹고 있다.

"이쪽도 뼈아프다고. 알지 않나?"

"그래서 둘 다 죽자는 거야? 응? 어쩌려고 이렇게 엉덩이만 펑퍼짐하게 늘어놓고서, 본부에 앉아 있냐고. 차라리 발로 뛰란 말야!"

"후……."

"한숨만 쉬지 말고 가서 그 김기환이라도 상대하라고!

할 수 있잖아?"

"……."

그런 상황에서 제니스의 지원은 계속해서 더뎌지고 있는 상황이니 정상수로서도 답답할 수밖에 없었다.

직접적인 지원이 필요한 상황인데.

'개새끼들……. 어차피 자기가 당하는 게 아니라 이거지.'

저들은 반응이 영 미적지근하다.

마치 정상수의 전력이 더 깎이기를 기대하는 눈치였다.

독립을 하려고 경기 서부로 무리해서 들어왔는데, 이 상황에서는 독립은커녕 제니스로 다시 기어 들어가야 할 판이었다.

그런 상황에서 주은영이 쥐 잡듯 잔소리를 해대니, 정상수라고 속이 편할까.

하지만 지금은 소리를 내지를 때가 아니었다.

"좀 더 버텨. 대신에 슬슬 헌터 관리원에서도 움직일 거니까."

"어떻게 움직일 건데?"

"곧 발표가 들어올 거다. 그때 잠시 한시름 놓으면 돼. 너도 그때까지 전력을 보존하면 될 거 아닌가. 지원도 들어올 거고."

"지금 상황에서 대체 어떻게?"

"며칠. 며칠이면 된다. 그때 관리원에서 발표를 한다고 했으니까. 지켜보자고. 그때까지는 몸을 빼든지!"

발표라니. 뻔했다.

헌터 관리원에서의 발표겠지. 그들이 이번 사태로 말미암아 뭔가 수작질을 부리는 게 분명했다.

주은영도 눈과 귀가 있으니까 알고 있다.

부산에서는 이준혁이라는 자가. 그리고 경기 서부에서는 김기환이 날뛰고 있다.

충청 지방에서는 정우혁이 다시금 세력을 규합해서 움직여 가고 있다는 건 알 만한 사람은 다 아는 사실이다.

그 외에도 몇몇의 많은 이들이 더 이상 헌터 관리원이나 거대 길드의 체계에 순응하지 않고 있었다.

아예 반발을 하는 자도 꽤 될 정도다.

기다렸다는 듯 갑작스럽게 생겨난 그들은 순식간에 거대한 무언가로 탈바꿈해 가고 있었다.

그러니 헌터 관리원에서도 뭔가 크게 나서려고 할 것은 분명했다.

무슨 수작을 부려도 제대로 부리겠지!

분명 헌터 관리원이 하는 일은 김기환이 만든 자라난 길드에 좋은 일은 아닐 거다.

장상수의 말대로 헌터 관리원의 발표가 있으면 숨통이

막히던 지금의 상황에서 여유가 조금 생길지도 몰랐다.

하지만 정상수를 바라보는 주은영의 눈은 싸늘하게 식어 있었다. 큰 실망이 어린 눈빛이다.

'내가 알던 그 정상수가 아니군. 차라리 이준성이 나았을지도 모르겠어. 줄을 잘못 탔을지도.'

위기가 있으면 본성을 알 수 있다고 했던가.

주은영으로서는 셋 중에 가장 그릇이 크다고 생각했던 게 정상수였다.

거대 길드에 들어갔고, 독립을 해냈으며, 잘도 세력을 독자적으로 만들어가고 있었으니까.

하지만 그 모든 게 거짓이고 허상이었다.

정상수가 제니스로부터 독립을 해낸 것도, 세력을 독자적으로 만들어낼 수 있었던 것도 전부.

'거대 길드의 허락하에 이뤄진 일일 뿐.'

자라난 길드처럼 자기 홀로 이뤄낸 것은 정상수에게 아무것도 없었다.

그가 가진 몸뚱어리. 그걸 제외하고는 모두 제니스라는 거대 길드와 헌터 관리원의 작품일 따름이었다.

자신의 이름을 드높이겠다고, 거대 길드 못지않은 거대한 길드를 만들겠다고 말하던 정상수는.

'전부 허상.'

차라리 김기환의 자라난 길드가 더 나았다. 적어도 그들은 작을지언정 허상은 아니었으니까.

주은영은 처음으로 자신이 선택을 잘못했을지도 모르겠다는 생각을 해 버렸다.

인정을 해버리니 따박따박 나오던 잔소리도, 가슴 속에서부터 튀어나오던 욕지거리도 전부 시원스레 사라져 버린 느낌이었다.

되려 주은영의 마음은 이상하게 담담해져 버렸다.

"……하. 동아줄이라고 생각해서 데려왔더니, 썩은 동아줄이었을 줄이야."

"너 무슨 소리를 하는 거냐."

"됐어. 네가 썩었다고 해서 버리지는 않을 거니까. 아니 너나 나나 버릴 수는 없지. 어차피 둘 다 허상이니까."

"무슨 개소리를 하는 거냐고!"

"……시끄러, 멍청아. 우리, 아니 너는 여기까지일지도 모르니까. 토사구팽일지도 모른다고. 멍청아."

"그딴 개소리를 늘어놓을 참이면 그만 꺼져버려!"

더 참아줄 수 없다는 듯 크게 소리치는 정상수였다.

평소라면 맞받아칠 주은영이었지만 이번만큼은 아녔다. 왠지 힘이 쫙 빠진 느낌으로 그녀는 작게 읊조려줄 뿐이었다.

"그래. 네가 좋다는 그 발표나 잘 들어봐. 나는 그게 뭔지 감으로 알 거 같거든."

너나 나나 망했어.

라는 말은 작게 삼키는 주은영이었다.

그리고 며칠 뒤. 그녀의 감, 아니 예언처럼. 헌터 관리원의 발표가 날아들었다.

*　　　*　　　*

아나운서. 여자든 남자든 상관없이, 꽤나 매력적인 직업.

눈앞의 티비에 나오는 아나운서도 딱 그랬다.

매력적이고, 지적으로 보였다. 마치 고생이라고는 단 한 번도 안 해본 것처럼 고와 보일 정도였다.

목소리조차도 또랑또랑하면서 고왔다.

몬스터가 날뛰는 세상에 저리 고운 모습이라니.

'세상은 역시 불공평하다니까. 그래서 재밌지만.'

뭔가 현실성이 없는 모습이다.

저 아나운서가 현실을 알까.

당장 조금만 나가 봐도 굶어죽는 사람이 수두룩한 현실을? 몬스터에 위협받는 삶을 사는 자가 꽤 많다는 걸 알까?

모르겠지. 저 아나운서에게는 그게 현실이 아닐 테니까.

그래도 매일같이 그 고운 목소리로 헌터 관리원의 좋은 앵무새가 되어 주고 있는 아나운서였다.

—오늘 헌터 관리원에서는 길드들에 대한 새로운 정책을 발표했습니다. 지금까지의 방식으로는 헌터의 힘이 제대로 쓰이지 못하고 있다는 판단에 따라……

주절주절 잘도 이야기를 한다.

뭔가 대단한 것을 발표하는 대변인이라도 되는 것처럼, 또박또박 하나라도 틀리는 것 없이 잘도 발표하는 아나운서는 분명 매력적이었다.

허나 그걸 가만 바라봐야 하는 정상수로서는.

콰아앙—

짜증이 났다는 듯이 발표가 끝나자마자, 손에 잡힌 리모컨을 던져버릴 뿐이었다.

TV의 액정이 그대로 깨져버린다.

"역시……."

그걸 바라보던 주은영은 입술을 잘근 씹고 있었다.

그래도 절망하는 표정은 아니었다. 예상했던 무엇. 올 것이 이미 왔다는 표정이었다.

"거봐…… 팽 당할 줄 알았다니까. 휴우…… 어째야 하려나, 앞으로는."

살아남기 위해서는 무엇이든 할 수 있는 그녀. 그녀의 표정이 무섭도록 굳어 있었다.

*　　*　　*

헌터 관리원의 발표.

명분은 좋았다.

헌터들의 힘이 제대로 쓰이지 못하고 있다. 없는 힘이라면 모를까 이미 힘이 있는데도 안주하고 있는 헌터들이 태반이다.

헌터가 뭔가?

몬스터를 잡는 사람이다. 이능력만이 몬스터들에게 제대로 먹혀들어 가니까!

그렇기에 헌터는 몬스터를 잡아야 한다. 몬스터를 잡는 데 모든 것을 걸어야 한다.

그런데 헌터들이 그러지 않고 있다고 말한다.

오직 이능력을 이용해서 개인의 출세에만 목을 맨다고 말을 한다.

"그러니 바꿔야 합니다! 우리 헌터들이요!"

거대 길드의 간부. 가장 출세에 목을 맸던 게 분명한 놈이 그걸 바꿔야 한다고 한다.

이능력을 가지고도 개처럼 기고, 거대 길드의 길드장에게 열심히 고개 숙이며, 자기 또한 출세에 목을 매 놓고는.

"헌터는 그래서는 안 됩니다! 암요!"

그런 놈들이 헌터는 그러면 안 된단다.

그리곤.

"저희 거대 길드들부터 참여할 겁니다. 헌터 관리원의 발표예요."

헌터 관리원의 발표를 들어 준단다.

짜고 치는 고스톱이었다.

마치 세상 누릴 것 다 누린 운 좋은 늙은이가 정치 놀음으로 젊은이들을 사지로 내몰듯이 잘도 외쳐댄다.

자신이 벌였던 못난 짓거리들은 생각지도 않고서는, 헌터 관리원의 발표가 맞다고 이야기한다.

그 발표가 대체 뭐냐고?

—이능력은 특권이 아니다. 의무다. 헌터들은 레이드에 나가야 한다.

라는 보기 좋은 명분을 가지고 한 헌터 관리원의 발표. 그 내용을 짧게 줄여 말하면.

'레이드 강제 할당제.'

뭘 잡든 상관은 없다. 레이드급 몬스터를 잡으란다. 그것도 길드마다 한 달에 두 번은 꼭 잡아야 한다고 말한다. 길드로서 허가를 받으려면 그래야 한단다.

말은 쉽다.

하지만 그게 어디 쉬울까?

* * *

"대체! 어떻게!"

콰아아앙!

발표를 듣자마자 자신의 책상을 크게 치고 보는 정상수였다. 경기 서부에 오고 나서부터는 그의 책상은 도무지 남아나지를 못했다.

지금만 해도 다 어그러져서, 벌써 다음 책상을 새로 들여야 할 판이었다.

허나 지금 당장은 그런 책상이 중요한 게 아니었다.

발표가 중요했다.

헌터 관리원에서의 발표는 자라난 길드를 상대하고 있는 정상수도 엿을 먹이는 발표였다.

"한 달에 두 번? 그게 새로운 방침이라고? 맞나?"

"……그렇답니다."

"하. 뒤지라는 거군. 아니면 제니스에 다시 기어들어 오거나."

"유예기간은 준다는데…… 그래 봤자죠. 그 기간이 겨우 이 주인데요. 레이드 준비 기간으로도 빠듯합니다."

"쓰레기 새끼들. 후우. 개처럼 기어 줬더니 사람 병신 만드는 건 순식간이군. 아니 처음부터 개돼지로 봤을지도."

"……."

정상수의 말에 아무런 말도 못하는 진찬수였다. 그가 보기에도 이번 발표는 과한 감이 있었다. 아니 너무 노골적이었다.

'한 달에 두 번이라니…….'

레이드가 쉽나? 쉬우면 그걸 레이드라고 하겠나!

그냥 파티 사냥을 나가서 처잡았겠지!

레이드는 어렵다.

어지간한 공격대들도 레이드는 감히 나갈 생각을 못한다. 아무리 소수 정예라고 해도 레이드는 함부로 할 게 못 됐다.

길드라고 해도 쉬운 게 아니었다.

레이드급의 몬스터는 강해도 너무 강했다.

레이드급 중에서는 약하다고 알려진 몬스터도, 막상 상대하려고 보면 길드 단위가 움직여 줘야 했다.

그것도 그냥 움직여서 되는 게 아니었다.

길드 단위가 움직이고, 그에 따른 작전도 제대로 짜야 했다.

사냥을 가야 하는 루트, 상대해야 할 몬스터, 레이드급 몬스터의 패턴까지.

무엇하나 빠짐없이 제대로 준비해야 이뤄질 수 있는 게 레이드였다.

오죽하면 그 잘났다는 거대 길드에서도 이런 레이드를 준비하는 전략실을 따로 둘 정도였다. 그만큼 어려운 게 레이드였다.

그런데 그런 상황에서 레이드를 한 달에 한 번도 아니고 두 번은 가라고?

'다 뒤지라는 소리지.'

진찬수가 생각하고, 정상수가 분노한 것처럼!

정말 거대 길드를 제외하고는 다 죽으라는 소리나 마찬가지였다.

한 달에 한 번을 겨우 가도 자주 갔다고 할 수 있는 게 레이드인데, 두 번을 가라고 하면?

다 죽는다.

이건 해 보지 않아도 알 수 있었다.

그런 식으로 무리해서 레이드를 나가 봤자 다 죽는다. 잘 준비해도 망할 수 있는 레이드를, 무리해서 가면 다 죽을 수밖에 없는 건 당연한 논리였다.

헌터들의 일, 특히 레이드에 대해서 잘 모르는 일반인들은.

"역시 그래야지. 그동안 헌터들이 너무 놀았다니까."

"아무렴. 지들이 운 좋아서 이능력을 얻었으면…… 그래도 몬스터는 잡아줘야지. 안 그래?"

"맞아!"

이번 헌터 관리원의 발표를 환영하지만, 헌터들은 아주 잘 알았다.

이렇게 되면 거대 길드를 제외하고 어지간한 길드들은 길드 자체를 운영하기 힘들게 된다.

누가 죽으려고 하겠나.

한 달에 두 번은 정말 현실적으로 누가 봐도 무리였다.

작은 길드들은 길드를 유지를 할 수가 없다는 소리다. 그게 현실이다.

그걸 알고도 헌터 관리원은 그런 발표를 한 거다.

그래놓고 한 달에 두 번을 레이드를 못 나가게 되면?

*　　*　　*

"길드 해체하라고 하겠죠? 그 새끼들요."

"그게 합법이 되겠죠. 아주 묘수인데요."

"흐음. 확실히. 소꿉놀이는 인정할 수 없다는 거겠죠. 거대 길드답네요."

김기환이나 운이철의 말처럼 길드를 해체하라고 할 거다. 명분이야 많다. 능력이 없는 길드는 있어 봐야 손해이니, 없애라는 논리를 펼치겠지.

"겉으로 봐서는 레이드를 더 나가는 거 같아보여도, 결국에는 레이드에 나가는 수가 줄어들 겁니다."

"아마 그러겠죠. 길드 수 자체가 줄어들 거니까요. 웃기네요."

정말 젠장할이었다.

'이런 식으로 나온다 이거지.'

레이드 수는 분명 줄어들 거다.

이런 식이라면 길드의 수 자체가 줄어 들 테니까.

소수의 길드만 남겠지. 그런 길드가 레이드를 한 달에 두 번만 나가면? 전체 레이드 수는 줄어들게 될 게 뻔했다.

지금까지 그들의 행태로 보자면 뒤는 뻔했다.

"레이드 수가 줄면…… 레이드 급 몬스터의 사체 값도 오르겠죠."

"그럼 거대 길드의 권력은 더 강해지겠죠. 돈도 많아지고. 안 그래도 소수 길드들만 남으면, 강한 헌터들이 들어오겠답시고 줄 설 거고요."

"확실히 묘수라면 묘수죠."

"참 대단한 개새끼들이네요."

"맞습니다."

거대 길드는 합법이라는 명목, 헌터들을 관리한다는 명목하에 아주 제대로 날뛰기 시작하고 있었다.

요즘 거대 길드에 반항하는 자가 많아지긴 했는데, 이런 식으로 나올 줄은 또 몰랐다.

이러면 느긋하게 움직여서는 답도 안 나올 상황이었다.

"이거 경기 서부 통합을 더 빠르게 해야겠는데요? 소꿉장난도 여기까지일지도요."

천정 길드. 주은영의 조직. 그런 것들이 순식간에 하찮아 보일 정도다. 헌터 관리원이 노골적으로 움직이기 시작하니, 자라난 길드로서는 해야 할 것이 순식간에 많아져 버렸다.

"거기에 더해서 레이드도 나가야겠죠. 미친 듯이요."

"흐. 여기서 또 무슨 수작을 부릴지 모르겠다는 게 문제겠지요."

"……그것도 그렇습니다."

"그래도 위기는 기회 아닙니까? 슬슬 판을 키울 때가 되기는 했지요."

"판이라……."

판이라는 이야기에 운이철의 눈이 반짝 빛난다.

재빨리 계산을 끝낸 듯 계속해서 말을 이어 나간다.

"그럴 때가 됐죠. 보자. 그럼 지금 현재 빠르게 처리해야 할 건…… 둘이겠군요."

용케 김기환은 운이철의 말을 바로 이해했다.

"천정은 자동으로 나가떨어질 거고. 아니면 거대 길드에 먹히거나요."

"그럴 겁니다. 척 봐도 팽당한 거니까요."

"그래도 주은영은 혹시 모르니 제대로 처리하고 레이드를 해야 한다 이거죠?"

"잘 이해했군요. 맞습니다."

"꽤 바쁘게 움직여야겠군요. 그리고…… 미친 짓도 벌여야 할 거고요?"

"그렇죠. 게임으로 치면 이제 막 튜토리얼이 끝난 기분이로군요."

"헐…… 이게 튜토리얼이면 때려칠랍니다!"

"말이 그렇다는 겁니다. 말이! 자아, 바로바로 움직이죠!"

"오케이!"

자라난 길드. 그들은 이번 사태에 당황만 하고 있기보다는 더욱 빠르게 움직이는 걸 택했다.

그리고 그 반대편에 있는 자들 중에 하나는.

"휴우…… 어쩔 수 없나."

또 나름대로 살기 위해서 발버둥을 치기 시작했다.

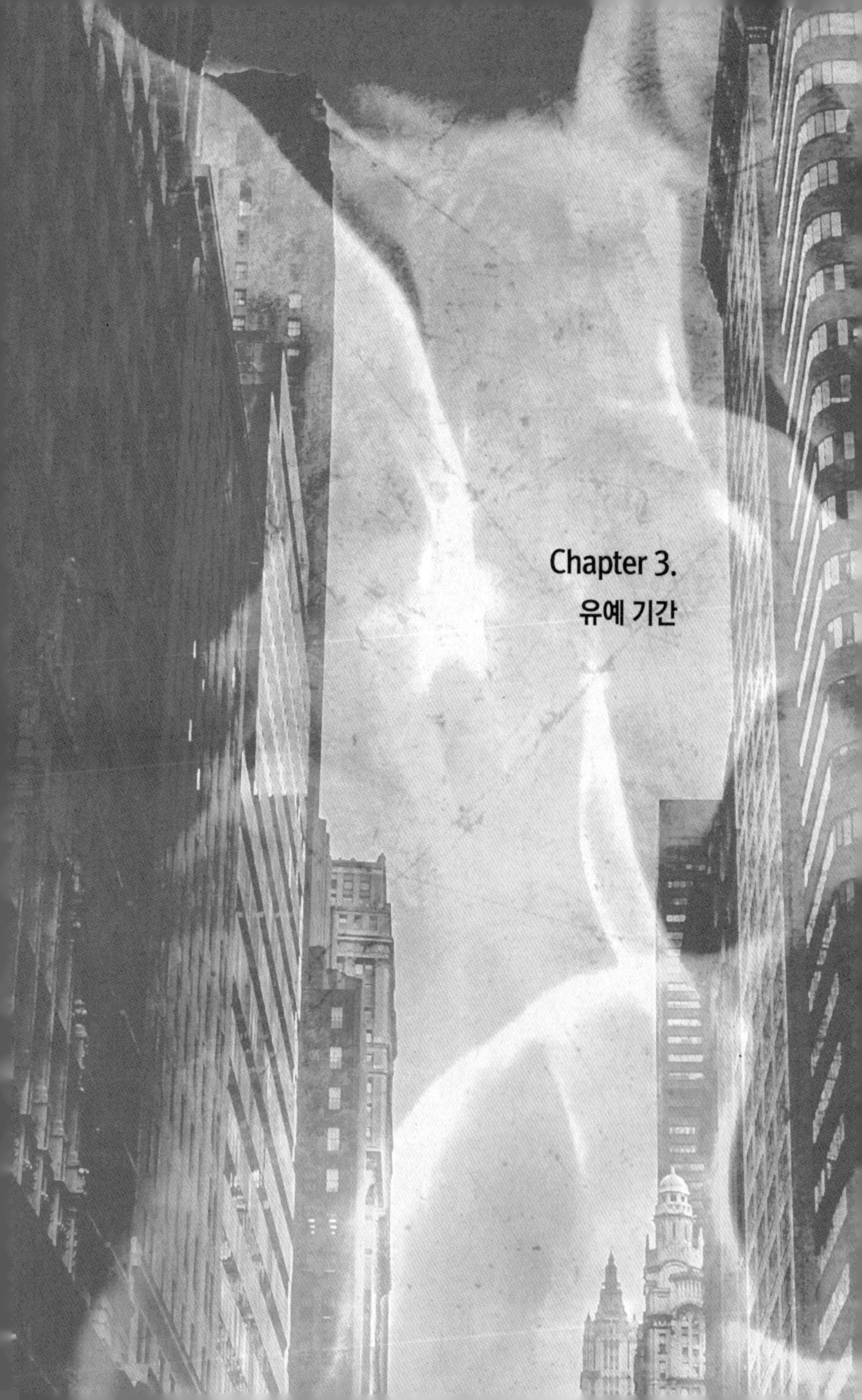

Chapter 3.
유예 기간

"모든 걸 줄 테니 도와 달라?"

"그래……요."

"흐음. 어쩌나."

그녀의 완전한 항복 선언이나 마찬가지였다.

지금의 주은영은 너무 가녀려 보였다. 서부의 암표범이라는 이야기는 다 거짓인 것 같은 모습.

하기는 당연한 모습일지도 몰랐다.

눈앞의 괴이한 존재.

어찌된 모습인지 얼굴의 반은 중년이지만, 또 다른 반은 여전히 늙어 있는 괴물이다.

전에는 다 죽어가더니 오늘은 어쩐 일인지 누군가의 생명을 훔쳐내기라도 한 듯 생기가 돌고 있었다. 딱 얼굴의 반뿐이지만!

그런 괴물 앞에서는 아무리 그녀라도 더 이상 암표범이라는 포식자로 있을 수 없는 게 당연할지도 몰랐다.

간사한 여우도, 호랑이 같은 야수 앞에서는 포식자이긴 커녕 피식자밖에 못 되는 게 진리이니까.

"……아직 여물지를 못했는데. 어쩐다? 육욕을 채우는 데는 기다림이 필요하단 말이지. 얕은 걸로는 성에도 안 차."

"……."

주은영으로서는 알 수 없는 말을 내뱉어댄다.

'늙은이…… 대체 뭘 그리는 거야?'

주은영으로서는 저 괴물이 무엇을 상대하는지 가늠도 하지 못할 뿐이었다.

자기 손에 쥐고 놀 수 있는 늙은이라고 여겼는데, 지금 와서 보니 자신은 범접도 하지 못할 늙은이였다.

자신이 지금까지 이 늙은 괴물 앞에서 하던 모든 짓은, 이 괴물의 묵인하에서 이뤄질 수 있는 일이었다.

어쩌면 이 늙은 괴물의 허락이 없었더라면 자신이 지금 이 자리까지 오는 것조차도 불가능했을지도 몰랐다.

'죽도록 발버둥 쳤는데…… 여기까지일지도.'

말도 안 되는 논리적 비약 같지만, 이제 와서는 아니라고 말하기도 힘든 주은영이었다.

자신은 처음부터 늙은 괴물들의 손에서 놀아났을 뿐일지도 몰랐다. 단지.

'운이 좋아서…….'

다른 헌터라는 놈들보다 더 높은 곳에 올라선 걸지도 몰랐다.

경기 서부의 밤의 지배자라는 말을 듣게 된 것도 모두. 저 늙은이의 '허락' 덕분이었을지도 몰랐다.

당장 천정만 하더라도, 저 늙은 괴물과 같은 존재들이 한 '발표' 하나에 흔들려 버리지 않는가.

정상수라는 걸출한 사람 하나.

그 한 사람이 평생에 걸쳐 노력한 것도 저들에게는 부수기 쉬운 모래성일지도 몰랐다.

'우습네. 우스워.'

너무도 허무한 일이었다.

거대 길드. 헌터 관리원. 그리고 그런 거대 길드와 헌터 관리원을 이끄는 존재들인 늙은 괴물들에 의해 모든 게 이뤄진다는 것.

그것만큼이나 허무한 일이 또 어디에 있을까.

자신이 이룬 모든 것이 결국 허상이나 다름없는 것이니, 허무하지 않으면 그게 더 이상했다.

그럼에도 주은영은 그 무엇 하나 포기를 할 수 없었다.

비록 저 늙은 괴물의 허락하에서만, 지금 그녀가 이끄는 조직을 이끌 수 있는 거라고 할지라도.

언제고 저 늙은 괴물의 마음이 바뀌면 다시 팽을 당할지 모른다고 하더라도.

그녀는 그녀가 가진 모든 것들을 놓을 수 없었다.

조직도. 힘도. 권력도. 전부 다!

'……맛을 알아 버렸으니까.'

아예 처음부터 느끼지 못했다면 모를까.

이미 권력의 맛을 알아 버렸으니까. 어쩔 수가 없었다.

한참 그런 그녀를 품평하듯 바라보던 늙은 괴물이.

"이참에 빠르게 여물게 하는 게 좋겠지. 바로 가 봐. 도와주마."

"……네."

무슨 변덕에선지 허락을 해 줬다.

그녀를 다 사용한 사냥개처럼 팽하려고 하더니, 다시금 사냥개로 쓸 생각이 든 듯했다.

권력, 조직 무엇 하나 포기할 수 없는 그녀로서는 원했던 결과였다.

그런 그녀를 보며.

"킬…… 다음번에는 그 몸뚱어리 잘 간수해서 오고."

입맛을 다시는 늙은 괴물이었다.

'……뭐야 대체.'

자신이 여태까지 다 늙은 노인네 취급하던 괴물.

그 괴물의 진면목을 잠시지만 엿본 느낌에, 몸을 부르르 떠는 주은영이었다.

오직 분노만을 하며, 어찌할 바를 모르는 상태로 있는 정상수와 다르게 주은영은 다시금 살기 위해 발버둥을 쳤다.

그런 점을 보면 정상수가 아닌 주은영이 더욱 나은 사람일지도 몰랐다.

'비록 허상일지라도…… 난 그걸로도 만족할 수 있어.'

절망만 하기보다는 적어도 자신에 손에 쥐어진 권력을 위해서 날뛸 줄을 아는 그녀였으니까.

주은영.

그녀가 한 발 더 나아갔다. 더한 늪으로.

* * *

이 주.

시간이란 상대적이니 짧다면 짧고 길다면 긴 시간이다.

'우리 입장에서는 지독할 정도로 짧은 시간인데.'

이 주라는 짧은 시간 내에 주은영의 조직을 쳐내야 했다.

그 기간이 지나서 주은영을 치기에는 이쪽도 레이드를 나가줘야 했다.

한 달에 두 번이라는 레이드는 어쨌거나 이쪽에서도 해줘야 하니까.

그것 말고도 여러 일이 더 있었다. 시간이 촉박했다.

'미친 짓을 몇 번 더 벌인다고 해도…… 애당초 시간이 많지가 않아.'

하기는 그러니 이 주라는 시간만 줬겠지.

아주 짧은 시간만 줘서, 이쪽에서 더 세력을 확장하지 못하도록 한 게 분명하다. 헌터 관리원이 참 대단한 묘수를 썼다.

이 일로 인해서 여러 곳에서.

"헌터 관리원에 대항하던 사람들은 우선 좀 힘들어지긴 할 겁니다."

"당장 헌터 관리원에 대놓고 척지기 힘들 테니까요. 그래도 이준혁은 좀 낫겠죠."

"하하, 거기야 저희랑 다른 방식으로 움직이니까요."

"오늘만큼은 그게 부럽네요."

움직이는 게 힘들어질 거다.

그나마 이준혁이 김기환과는 다른 방식으로 움직여서 다행이었다.

이준혁 쪽도 힘들었다면 큰일이 났을 거다.

운이철과 김기환. 둘이서 그리는 큰 그림에는 이준혁도 제 몫을 해 줘야 했으니까.

그래도 다행인 게 있다면.

"그나저나 역시 그쪽은 움직임이 없죠?"

"뭐…… 반쯤은 손을 놓고 있더군요. 그래도 지원이랍시고 헌터가 꽤 여럿 들어오는 걸 포착을 했답니다."

"지원은커녕 먹히는 거겠죠."

"어차피 겉으로만 독립 아니었겠습니까. 제니스도 천정을 처음부터 쉽게 놔 줄 생각은 없었겠죠."

"흐흐, 이래서 어설프면 안 된다니까요."

천정은 역시 예상대로 당장 움직임이 없었다.

때로는 뒤통수를 후려갈기기도 하고, 헌터 관리원에 로비도 벌이면서 이준성의 조직도 잔뜩 공격했던 그 행동력이 다 사라진 듯했다.

마치 숨만 쉬고 있는 느낌.

그게 딱 지금 천정의 느낌이다.

그런 천정에 지원이랍시고 헌터 몇이 들어갔다라?

'제니스에 다시 먹히는 거지.'

숨만 쉬고 있는 천정. 어쩌면 절망을 하고 있을지도 모를 천정에 제니스에서 보낸 헌터들이 새로 들어갔다면 뻔하지 않은가.

이참에 자라난 길드와 잔뜩 전투를 벌이느라 지친 천정을 다시 먹어버리겠다는 거다.

'허무하겠군.'

그래도 정상수는 비록 온갖 협잡질을 벌일지언정 야망은 컸던 사내다.

그런 사내가 거대 길드를 만들겠답시고 온몸을 다 바쳤는데, 그 결과라고는 허무하게 다시 거대 길드에 흡수되는 거라니.

김기환이었다면 화병에 쓰러졌을 거다.

"일단은 천정 쪽도 잘 살펴주세요. 어쨌거나 새로 헌터들이 들어왔으면 힘이 보충된 거니까요."

"물론입니다. 그나저나 이제 슬슬 본진을 쳐야겠습니다."

"바로 출발을 해 봅시다."

"좋죠."

밤을 가르는 야수처럼.

이 주라는 짧은 시간 안에 주은영을 치기 위해서 바삐 움직이기 시작하는 자라난이었다.

그들도 예상치 못한 어떤 '힘'이 새로이 주은영에게 주어졌음은 전혀 모른 채로!

*　*　*

그들의 예상대로 천정 길드에 들어선 자들은 모두 제니스 길드에서 들어온 자들이었다.

본래 지원을 요청한 건 정상수 쪽이었다.

분명 그가 원한 지원이 들어온 상황이건만 정상수의 표정은 펴질 줄을 몰랐다.

되려 상황이 좋지 못함을 가늠한 듯 잔뜩 인상이 찡그려진 채였다.

"……너냐."

"이쪽도 원해서 온 건 아니라고. 그 괴물 새끼 상대하는 게 마음 편할 리가 있나."

"그러시겠지. 그래도 그냥 온 건 아니겠지? 몸뚱어리만 와서는 안 될 걸 알지 않나?"

이곳에 온 자는 심훈안이었다.

대외적으로는 그가 제니스 길드에서 온 지원자들의 임시

대장 직함을 달고 있었다.

그렇기에 정상수를 마주하고 있는 거였다.

그런 심훈안도 이미 김기환의 능력을 봤다.

괴물.

그 말이 딱 들어맞는 게 김기환이었다.

이프리트와 같이 전투를 벌이면서, 충분하고도 남도록 김기환의 활약을 봤다.

'그걸 전투라 불러야 할지 모르겠지만…….'

실상을 살피면 이프리트와의 전투는 전투라기보다는 김기환의 원맨쇼 정도였다. 그것도 잔뜩 장난만 치다 끝난 느낌의 쇼였달까.

그렇기에 심훈안은 자신이 김기환에게 밀리는 것을 알았다.

그럼에도 그가 왔다는 건.

"당연하지. 이쪽도 호락호락하지만은 않으니까."

"웃기는군. 네가 준비한 게 아니라 길드에서 뭔가 준 거겠지."

"헹. 그거나 저거나. 일단은 '준비'가 됐다는 게 중요한 거 아니겠나?"

"……그럴지도."

김기환에게 대응을 할 만한, 혹은 그를 이길 수 있을 만한 어떤 준비를 해냈다는 뜻이나 다름이 없었다.

그런 지원을 받으면서도 정상수의 얼굴은 펴질 줄을 몰랐다.

제니스 길드 내에서는 앙숙이나 다름없었지만, 그런 정상수를 바라보는 심훈안의 표정도 그리 밝지만은 못했다.

"얼굴이나 펴라고. 어쨌건 이쪽은 널 지원하러 온 거니까."

"길드 잡아먹으려고 온 놈들한테 얼굴을 펴긴 무슨."

"……다 그런 거지."

"그래. 다 그럴지도 모르지. 어쨌거나 잘 왔다. 아주 잘. 그 새끼부터 때려눕히고 보자고."

안 좋은 일이 생기면 사람이란 원망할 사람을 찾곤 한다. 자신을 원망하기보다는 남을 원망하고 제 마음이 편하기를 원한다.

마치 본능처럼.

정상수도 그랬다.

'김기환…….'

일에 잔뜩 실패하고, 제니스에 먹히는 상황이 만들어진 그 모든 이유를 김기환으로 봤다.

한탕 제대로 하고는 거대 길드로 날아오르려던 자신이 실패한 모든 이유가 김기환 때문이라 생각하기 시작했다.

자신이 부족하다고 인정하는 것보다는, 남을 원망하는 게 더 편하니까.

마치 소인배처럼 변해 가고 있는 정상수였다.

그리고 그런 정상수를 바라보는 심훈안의 표정은 그리 좋지 못했다.

'제물이라…….'

지원을 나온 자의 표정치고는 꽤 절망 어린 표정을 짓고 있는 심훈안이었다.

마치 원치 않는 어떤 것을 해야 하는 것처럼!

* * *

"먼저 들어간다!"

"어딜!"

모두 기세가 좋았다.

전승의 상황이다. 지금까지 서부의 범죄 조직 누구와 싸워도 밀리지를 않았다.

특히 주은영의 세력을 제외하고 거의 전부는 괴멸 직전이나 다름없었다.

김기환 쪽은 주은영의 세력을 중심으로 노렸지만, 곁다리로 기타 조직들도 처리를 해 왔다.

일단 걸리기만 하면 냅다 처리를 하고 봤다.

죄다 정리를 해 온 거다.

그러니 그들이 버틸 재간이 있겠는가.

양자택일(兩者擇一)밖에 없었다. 괴멸이 되든가. 서부를 피해서 다른 지역으로 가든가.

아주 압살하듯 매일 밤마다 범죄 조직들을 소탕해 버린 그들이었다.

덕분에 다들 별명 하나씩은 가지게 됐다.

그중 김기환의 별명은 '차살자(借殺者)'.

우습게도 차도살인지계를 써댄다고 해서 붙은 별명이었다.

김기환에게 당하면 차라리 죽는 게 더 낫다라는 이야기가 들릴 지경이랄까.

김기환으로서는 살인이 싫어 이능력만을 '삭제' 했을 뿐이었지만, 어디 그게 이능력 삭제로만 끝이 났겠는가.

범죄자들답게 원한은 많은 건 당연!

김기환에게 당한 이들을 기다리는 건 원한을 가진 자들의 복수였다.

덕분에 김기환은 죽이지 않지만, 다른 자들이 나서서 이능력을 '삭제' 당한 자들을 죽여주는 상황.

그러다 보니 우습지도 않게 차살자라 별명이 붙어버린

거다.

김기환으로서는.

"촌스럽기만 하고…… 뜻도 구리잖아!?"

라며 잔뜩 마음에 안 들어 했지만, 그 별명은 서부에서는 꽤나 유명한 별명이 됐다.

그와 비슷하지만 다른 별명. 차도살자(借刀殺者)라는 별명을 가지게 된 이준성으로서는.

"그 별명이 차라리 나은 거 같다고! 내 건 짝퉁 같단 말이다!"

"푸핫. 그거야 내기에 맨날 져서 그러지."

차라리 김기환의 별명을 부러워하는 상황일 지경.

상대의 무기를 뺏어서 그대로 죽여 버리는 이준성을 두고 붙인 별명이지만, 어째 김기환 별명의 아류로 보이는 탓에 마음에 들 리가 없었다.

그런 별명에 상관없이.

"젠장할! 내가 망할 별명을 어떻게든 바꿔야지 원."

"흐흐. 져서 그런다고 져서. 이 아류야!"

마치 애들처럼 서로를 놀리며, 주은영의 본부를 털러 온 그들이었다.

'오늘만큼은…….'

꼭 오늘만큼은 주은영의 본부를 완전히 괴멸시키겠다는 마음가짐을 가지고 왔건만.

"어?"

"또야? 이런 젠장할! 어디서 들은 거야!"

오늘도 주은영은 내빼 버렸다.

눈앞에 보이는 거라곤 을씨년스러운 건물의 내부뿐.

이곳저곳에 잔뜩 핏자국이 있는 데다가, 온갖 흉악한 물건들이 있어 정상적인 건물은 아니구나 싶은 빈 건물만이 그들을 기다리고 있을 뿐이었다.

* * *

그렇게 그날도 허탕을 치고 온 일행.

혹시 몰라 따로 알아 놓은 다른 곳을 갔지만, 그곳은 주은영의 조직원이 아닌 다른 조직들이 사용하는 은신처였다.

이능력까지 잔뜩 아끼지 않고 사용해서, 그들 또한 괴멸시키긴 했다.

"이 쓰레기들은 당장 다 족치고 봐야 한다고. 재활용으로도 못 써!"

이준성이 말하기로 인신매매를 주업으로 하는 곳이라던

가?

범죄자도 급이 있다면, 그들은 재활용으로도 못 쓰는 폐급이라며 날뛰는 이준성과 함께 제대로 한바탕 벌이긴 했다.

하지만 여기서 그 한바탕을 벌였다고 만족할 사람은 아무도 없었다.

몸통을 잡지 못했기 때문이다!

“어떻게 그렇게 잘 내빼지?”

“길드 내에 스파이라도 있는 거 아냐? 벌써 일주일째라고.”

“후아. 그럴 리가 있나. 안 그래도 최소 인원만 움직이고 있잖아. 이능력을 쓰는 걸지도 모른다고. 은신을 위한 능력이나. 이를테면 예지 능력자가 있을지도?”

“…… 그럴지도 모르겠습니다. 쉽지 않긴 하군요.”

벌써 일주일이었다.

남은 시간은 또 일주일. 반이 겨우 남은 상황. 하지만.

‘할 일투성인데…….’

주은영의 일 말고도 김기환으로서는 할 일이 많은 상태였다.

언제까지고 주은영을 처리하기 위해서 시간을 낼 수 있는 상황은 분명 아니었다.

그런데 주은영이 아주 천재적으로 내빼고 있었다.

어디서 수를 쓰는 건지 몰라도, 계속해서 그들의 공격을 피해 내고 있었다.

스파이가 있냐 싶기에는 안 그래도 소수만 움직이고 있는 상황.

움직이는 인원을 추리고 또 추린 상황이다. 여기서 배신을 할 자는 따로 없었다. 다들 안 그래도 주은영에게 각자 조금씩은 빚이 있을 정도였다.

그런데도 잘도 주은영은 내빼고 있었다.

정말 김기환의 말대로 도망가는 것에 특화된 이능력이 있는 걸지도 모를 상황이었다.

'의외로 손이 많이 가는군.'

그렇다고 그만둘 수도 없지 않은가.

"우선은 더 뒤져보지요. 그도 아니면, 달리 수를 내보기는 하겠습니다."

어떻게든 새로운 수를 내야 할 상황이었다.

*　　*　　*

결국 수를 냈다.

이틀을 더 허탕 치고 나서. 내려진 결론 덕분이었다.

"역시 이능력이 있습니다. 예지는 귀하게 취급받으니…… 차라리 은신에 관련된 이능력일 확률이 더 높겠죠."

"그런 게 있습니까?"

"갑작스럽게 몬스터들이 등장했을 때 꽤 각광받던 능력이긴 했습니다."

운이철의 설명대로라면 은신에 관련된 이능력이 있다 했다.

세상에 갑작스럽게 몬스터가 나오기 시작하고, 몬스터에 대항을 하는 방법이 체계적이지 못했을 때.

그 능력은 꽤 중요하게 여겨지던 능력이라고 했다.

쉽게 말해 일종의 '은신' 능력.

종류가 여러 가지였단다.

개인을 숨길 수도 있고, 다수를 숨길 수도 있고. 가볍게 상대에게 환영을 보여 주기도 하는 능력을 가진 자도 있었단다.

이들 덕분에 몬스터를 상대로 사람들을 숨기거나, 중요한 시설에 이 이능력을 사용하면 안전을 보장받을 수 있었다고 한다.

몬스터가 발견하지 못하고 넘어가니까.

그때 이 이능력을 사용해서 몬스터를 상대로 역으로 기습을 벌이기도 했단다.

몬스터와 인간의 영역이 나뉘기 전까지는, 정말 최상의 이능력으로 쳐주었다는 모양이었다.

"……하지만 모두 과거일 뿐이죠. 지금은 그런 이능력자를 찾아보기도 힘들어졌습니다. 잘 쓰이지도 않고요."

"뭔가 이상한데요. 지금도 쓸 만할 거 같은데요."

임시 근거지에서 은신 능력을 쓰면 꽤 좋을 거 같지 않은가.

몬스터의 눈을 속일 수 있다면 사냥터 안에서도 안전을 보장받을 수 있을 게 분명하다.

그 외에도 운이철이 말한 대로 기습용으로도 사용하기에 좋을 터. 일단 있기만 하면 사용할 곳은 꽤 무궁무진한 능력이었다.

그런데도 쓰이지 않다니? 뭔가 부자연스러웠다.

"갑자기 드러난 수가 확 줄었습니다. 그리고 이미 있던 자들은 거대 길드의 소속이 됐지요. 유용하긴 했으니까요."

"흠…… 거대 길드라. 어째 이쪽만 엮이면 좋을 게 없어 보이네요."

"그럴지도요. 그래서 저희가 움직이는 거 아니겠습니

까.”

은신 이능력자들에 대한 것.

그들에 대한 정확한 사정은 아직 김기환으로서도 확실히 모른다. 하지만.

'뭔가 있긴 있어.'

어떤 모종의 이유로 그들의 수가 줄어들거나, 혹은 어디 샌가 쥐도 새도 모르게 사라진 건 확실하다는 어떤 느낌이 들었다.

당장은 알 수가 없지만 여기에도 뭔가 있었다.

허나 당장 중요한 건 그런 게 아녔다.

“일단 이능력이란 걸 알았으니, 또 반대로 간파를 하면 될 뿐이죠.”

주은영 쪽이 무슨 수를 써서 이쪽의 눈을 피했는지를 분석해 냈다는 게 중요했다.

저들이 이능력을 이용해서 숨어든다면. 이쪽도.

화아아악—

이능력을 사용해서 저쪽을 찾아내면 될 뿐이었다.

운이철의 눈이 불길할 정도로 희게 물들기 시작한다. 짙어져 간다.

*　　*　　*

처음부터 모른다면 모를까. 이쪽이 알아버렸다.

알게 된 사실도 활용하지 못할 정도로 이쪽은 바보가 아니었다.

“출발하죠.”

“오케이. 이쪽만 믿어. 이래 봬도 이곳 토박이라고? 적어도 길은 잘 알아!”

“좋군요. 바로 갑시다.”

“알았다고!”

엑셀을 밟자마자 차가 부드럽게 나간다.

이준성이 운전을 하고, 그 옆자리에는 운이철이 앉았다.

이준성이 적당히 속도를 내면서 운전을 하는 동안, 옆자리에 앉은 운이철은 계속해서 이능력을 사용하고 있었다.

그것도 꽤 오랜 시간을.

‘……그새 또 발전했군.’

처음에는 발동하기도 힘들어 하더니, 이제는 장시간 이능력을 사용할 줄이야.

여럿의 버프를 넣는 것처럼 힘의 소모가 크지는 않겠지만, 이능력을 사용하면서 버티는 게 쉬울 리가 없었다.

내가 푸식— 푸식대던 3초 고자였던 걸 생각하면 알 만하지 않은가.

그런데도 운이철은 장시간 이능력을 사용하고도 지칠 줄을 몰랐다.

되려 더욱 힘이 나는 듯 계속해서 차가 지나가며 창밖으로 보이는 풍경들을 바라보면서, 더욱 집중을 하고 있을 뿐이었다.

말은 하지 않았어도 이 짧은 사이에 무섭도록 성장한 게 분명하다.

그 성장의 결실인 건지. 잔뜩 눈을 빛내던 운이철이 손을 척하고 올렸다. 멈추라는 신호였다.

끼이익—

급브레이크에 차가 소음을 잔뜩 내며 급하게 멈춰 선다.

덕분에 몸이 덜커덕대지만 다들 그걸 신경 쓰는 쪽은 아무도 없었다.

모두 운이철의 입술만 주시하고 있었다.

한참을 멀리 있는 빌딩을 바라보던 운이철. 그가 뭔가가 막힌 듯 인상을 잔뜩 찌푸린다. 그러다 이내 고개를 끄덕인다.

"……역시 예상대로. 저기군요. 저기 다 모여 있습니다."

"오호!"

"쥐새끼들이 여기 있다 이거지?"

"예. 저 빌딩입니다."

빌딩이라니. 그가 말한 빌딩은 꽤나 화려했다. 경기 서부에 몇 없는 높은 건물들 중에 하나였다.

'호텔로 쓰이던 곳 아니었나.'

몇 안 되는 호텔 중 하나였는데, 그곳을 주은영이 자신의 은신처로 쓸 줄을 몰랐다.

허름하거나 혹은 어두운 곳만을 은신처로 쓸 거라고 생각한 우리의 예상과는 다르게 화려한 곳을 쓸 줄이야.

'등잔 밑이 어둡다더니.'

그것도 우리 본부와 그리 멀지도 않은 곳에 숨어 있을 줄은 상상도 하지 못했다.

"거의 전체를 다 채우고 있는 거 같군요. 여기만 잡으면 될 거 같습니다."

"흐음…… 그렇단 말이죠."

"저거 하나라 이거지. 후후."

드디어 서부를 좀먹던 약삭빠른 쥐새끼들을 잡으러 갈 때다.

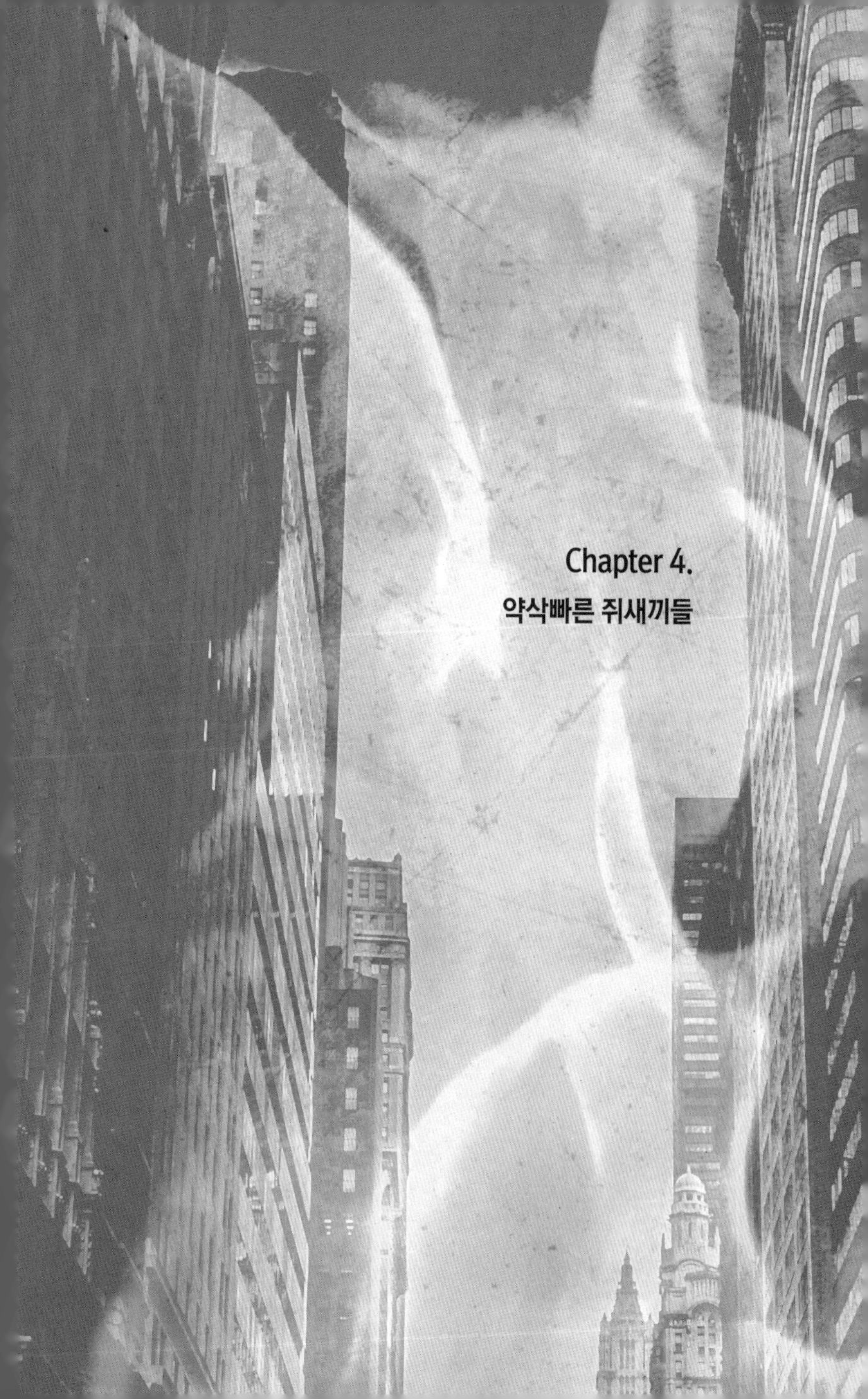

Chapter 4.

약삭빠른 쥐새끼들

시작은 언제나 그렇듯 시원한 게 좋지 않겠나.

화아아악—

이능력을 당장 끌어 올렸다. 호텔 프런트에 있는 덩치들이 보이지만 그들이야 신경도 쓰지 않았다.

'어차피 처리해야 하니까.'

덩치들이 나를 눈치채는 게 보였다.

눈이 화등잔만 하게 커진다.

"저, 저거!"

"젠장! 어서 무전 쳐!"

급하게 무전을 치기 시작하는 게 보인다. 침입자라고 말한다. 자기들 나름대로 치밀하게 경비 체계를 구성했다.

'그래도 상관없지.'

태워버린다. 모든 걸.

그리 생각하며 본격적으로 이능력을 불러일으키는 그 순간.

타악.

나를 막아서는 존재가 하나 있었다.

"음?"

옆을 봤다. 운이철이었다. 불타오르는 내 몸에 손을 대고도, 그는 멀쩡했다. 손에 이능력을 두른 덕분이었다. 그래도 힘은 소모되는지 살짝 인상을 찌푸렸다.

스아악—

불의 기세를 살짝 줄였다.

"크게 한 방이 낫지 않겠습니까? 안 그러면 도망칠 시간만 벌어줄 거 같은데요."

"저도 동의는 합니다만…… 안에 일반인도 많더군요. 조직원이 아니라, 투숙객이죠."

"하……."

스으으—

운이철의 말을 듣고부터는 불의 기세를 완전히 죽일 수밖에 없었다. 아예 꺼트렸다.

"투숙객이 곧 인질이라 이거군요."

"그런 셈이죠. 서부의 여우라고도 불리더니, 아주 제대로 준비한 거 같습니다."

"제길."

일반인으로 보이는 자들 사이에 숨는다라.

'위장일 수도 있겠지만…….'

위장이 아니라 실제로 투숙객이라면 그건 그거대로 문제다. 안 그래도 크게 한 방 벌이는 것도 문젠데 일반인들이 사고를 당하기라도 하면 골이 아파진다.

"여우는 무슨…… 쥐새끼들이지. 하여간에 약삭빨라요."

주은영에게 당한 바가 있는, 이준성의 불만에 나도 모르게 고개가 끄덕여질 정도였다.

"그럼 방법 없네요. 정면 승부를 해야 한다 이거죠?"

"예. 퇴로는 제가 맡죠. 길드원들도 더 부르도록 하고요. 어디 도망가지도 못하게 제대로 지키고 있겠습니다."

"좋습니다. 한번 해보죠."

운이철. 그의 능력이라면 저들이 도망가는 건 절대로 불가능했다.

무엇이든 분석해 대는 그의 이능력이라면, 설사 그들이 지하로 도망을 간다고 하더라도 잡아낼 게 분명했다.

저들이 날아가지 않는 바에야 운이철의 눈에서 도망가기란 불가능하다.

그러니 내게 남은 건 하나.

퇴로도 없는 그곳에.

"가자."

"제대로 털어 주자."

발을 디디는 것뿐이었다.

*　　*　　*

"아아악."

"시끄러. 새꺄."

퍼어억—

이준성이 특히 가차 없었다.

로비에 들어서기도 전부터, 문 앞에서 무전을 날리던 덩치들이 마음에 들지 않았던지 제대로 한 방씩을 선사해 줬다.

"크억……."

단 한 방.

그걸로도 이능력을 가지지 못한 덩치들이 쓰러지기에는 충분했다.

'쯧. 어디 가서 힘깨나 쓰는 놈들일 텐데.'

이능력만 아니었더라면, 제대로 된 싸움이 벌어졌을지도 모르겠지만 역시 현실은 한 방이었다.

"적이다!"

"막아!"

충성심에설까.

로비에 들어서자마자 덩치들이 한 아름 보였다. 아예 선물세트처럼 로비를 꽉 채우고 있었다.

"여어, 새끼들. 익숙한 얼굴도 보이네?"

뚜둑. 뚝.

이준성이 목을 꺾을 때마다 뼈 부딪치는 소리가 난다. 그 작은 몸짓에도.

"흣."

"……시불."

잔뜩 긴장을 하는 덩치들이었다.

그 모습이 너무도 대비가 돼서 한편의 희극 같았다.

이준성의 말대로 그는 여기의 토박이. 여기서 그의 명성을 모르는 자는 아무도 없을 거다.

헌터 관리원에서 투입된 헌터에게 허무하게 당하기는 했어도, 이능력자는 이능력자.

거기다 죽었다 살아나면서 그 이능력도 한층 강화가 된

지 오래라는 소문이 돌았으니, 누가 또 개기랴.

이능력자들도 덜덜 떨 텐데 그 이능력도 없는 덩치들에겐 무리였다. 그런데도.

'한 놈도 안 도망간다 이거지?'

물러서는 자가 없는 걸 보면, 저들도 주은영의 말을 들을 수밖에 없는 어떤 속박을 당한 게 분명했다.

"어이, 길드장. 여기서부터 내기 어때?"

"이능력자는 빼지? 조무래기들로 숫자 채우고 싶어?"

"쳇. 어쨌거나 뚫어 보자고!"

타앗.

이준성과 나. 동시에 발을 내딛는다.

"우와아악! 막아!"

"시바아아알!"

무서워하면서도, 동시에 용감하게!

덩치들이 각자 연장이라 부르는 칼을 빼들고서는 우리에게로 달려든다. 승률이 희박한 것을 알면서도!

그렇게 한바탕 놀음이 시작됐다.

*　　*　　*

죽이지만 않는다.

다만 제대로 처리해 준다. 검을 빼들 것도 없이 이쪽도 달려들었다.

“크억.”

팔을 부러트려준다. 그대로 쓰러진다.

바로 옆의 놈 명치에 세게 한 방 먹여 준다.

“큿…….”

스아악.

그사이에도 검을 잘도 휘두른다. 이능력자의 한 방을 버티다니. 꽤 강단 있는 놈이다.

그래 봐야.

“어쭈?”

다시 한 방. 깔끔하게 넣어버린 한 방에 쓰러질 뿐이다.

한 번에 하나씩.

‘더 강하게 가야겠군.’

감히 한 방 이상을 버틸 수 없게. 더 힘을 불어넣는다.

옆에 있는 이준성은 더 신났다.

“이 새끼야! 너 잘 만났다.”

“혀, 형님!”

“뒤져 새꺄! 형님은 무슨!”

푸우욱―

그는 이능력자를 상대하듯, 덩치의 무기를 빼앗고는 그

대로 다시 몸에 선사해 줬다.

한 번에 하나씩. 그것도 상대의 무기로.

차도살자.

상대의 무기를 빼앗아, 다시 상대에게 선물해 준다는 그의 별명에 딱 어울리는 장면들이 계속 만들어져 갔다.

그야말로 파죽지세였다.

“일 층 클리어!”

마지막 하나가 순식간에 쓰러진다.

“……뭔 게임이냐.”

“뭐 거의 상황이 그렇지 않나, 길드장님?”

“그렇긴 하지. 흐흐.”

어릴 적. 엄마 몰래 간 오락실에서 하던 그런 게임 속 같은 상황이었다.

100원이란 코인을 집어넣으면 나오는 주인공 하나. 그리고 그런 주인공을 상대로 달려드는 수없이 많은 적 보스의 부하들.

그런 코인 게임 속에 나오는 적들처럼 꽤 많은 놈들이 계속해서 달려들 뿐이었다.

두려워하면서도, 놈들에게 무언가 걸려 있기는 한 듯.

“죽여어!”

"죽여야 산다! 어서 달려!"

놈들은 홀린 듯 우리에게 달려들었다.

"으차차."

"이 층도 끝!"

마치 힘을 빼려고 하는 느낌.

하지만 이런 덩치들을 가지고 힘을 뺀다고 하기에는 식후 운동거리도 되지 못했다.

이런 놈들에게 힘을 빼기에는.

'그동안 쌓은 힘이 아깝지.'

내가 가진 힘이 차고 넘쳤다.

그래도 앞을 막아대니 시간이 조금씩 소모되는 거까지는 어쩔 수가 없었다.

이렇게 시간을 끄는 것엔 뭔가 이유가 있을지도 몰랐다.

"어서 가 보자고."

"오케이!"

더욱 속도를 내며 달려가 본다.

* * *

삼 층까지는 코인 게임에서도 즐기라고 만들어 준 쉬운 판처럼 덩치들만 나왔을 뿐이었다.

이능력자도 보이지 않았고, 오직 덩치들뿐이었다.

주은영 밑에 붙어서 온갖 협잡질을 했을 쓰레기뿐이었달까. 아주 깔끔하게도 처리해 줬다.

그렇게 도달한 사 층. 그곳에는.

"여기서부터는 본격적인데?"

"싸그리 처리한 거 같았는데 아직도 이능력자가 이리 많았나."

장비들로 무장한 이능력자들이 넘쳐났다.

*　　*　　*

덩치들이 그랬듯, 이능력을 가진 자들도 물러날 생각은 없어 보였다.

인상은 굳어 있지만 도망가는 자는 하나도 안 보였다.

쥐새끼들한테도 의리가 있나 싶을 정도였다.

'의리는 무슨…….'

그래 봐야 금방 그런 생각은 지워지긴 했다.

악당이 무슨 의리겠는가. 뭔가가 걸려 있으니, 저러고 목숨 걸고 달려드는 거겠지. 아니면 협박을 받았거나.

"쳐라!"

"죽여!"

그래도 놈들은 이능력자라는 걸 증명하듯 덩치들보다는 훨씬 강렬한 힘을 보이고 있었다.

스아아악—

스악—

치유계도 없이 죄다 딜러인 듯했다.

각자가 다른 무기를 꼬나 쥐고 달려드는데 그 기세가 꽤 강렬했다.

자신의 목숨을 불태우듯, 뭔가 대단한 힘을 내고 있었다.

'어쭈? 맞춘 건가? 아니면 대비를 한다고 한 건가.'

거기다 불의 이능력자는 단 하나도 없었다.

마치 나를 대비해서 준비를 한 것 같았다.

이들은 불을 사용하는 자 하나 없이, 죄다 불 외의 다른 이능력을 사용하고 있었다.

누군가는 물의 이능력을 사용하고, 또 누군가는 마동수와 같은 중력의 힘을 사용하는 듯 주변의 시야가 어그러져 보이는 자도 있었다.

어디서 이런 많은 종류의 이능력자를 모았는가 싶을 정도의 장면!

'그동안 꽤 많이 털었는데 말이지.'

레이드 이후 쭉, 조직들을 털어왔는데도 저들이 준비한 수는 꽤 많았다.

그래 봐야 긴장할 것도 없었다.

"여기서부터는 내긴가?"

"그러자고. 대신에 어지간해서는 그만 좀 죽이지?"

"헹. 댁이 할 소리는 아니라고. 먼저 간다!"

지금까지 상대했던 자들과 다를 게 뭐가 있겠는가.

여기서 물러나기에는, 지금까지 해 왔던 게 아까웠다.

'오늘만큼은 끝을 본다.'

여우 주은영. 그녀를 잡기 위해서 당장 튀어 나갈 뿐이었다.

*　*　*

기선부터 제압한다.

"죽엇!"

칼을 내미는 자는 칼을 든 그대로.

"너나 죽으라고."

팔째로 베어버렸다.

순식간에 나뒹구는 팔.

"크아아악."

치유계도 없는 상황. 이 상황에서는 팔을 쥐고 있는 거 외에는 다른 수가 없었다.

온 곳곳에 피가 흩뿌려진다.

잔인해 보일 수도 있는 상황. 하지만.

'이게 가장 좋은 수지.'

이 상황에서는 이게 가장 최선의 수였다.

차라리 잔인한 모습을 보여서, 상대들의 기선을 제압하는 게 나았다.

그런 내 마음을 아는지 모르는지, 적들은.

"죽어엇!"

잘도 개소리를 내면서 달려들고 있을 뿐이었다.

마치 시간을 끌어야 하는 것처럼!

* * *

그때 눈치를 챘어야 했다.

뭔가가 벌어지고 있다는 걸. 이곳 자체가 그들이 준비한 어떤 장소일지도 모른다는 걸.

또한 생각지도 못할 사람을 볼 수도 있다는 걸 말이다.

* * *

아무것도 모른 채로 계속해서 달려갔다.

뛰고.

"죽엇!"

"좀 개성적으로 달려들어라!"

퍼어억.

달려드는 놈을 쳐버리고. 쉼 없이 전진을 해 나가기 시작했다.

어차피 한 번에 달려드는 수는 제한이 돼 있었다.

로비의 경우에는 많은 한 번에 많은 숫자가 달려들 수 있었지만, 여기는 로비가 아니었다.

거기다 호텔.

곳곳의 방에서 갑작스레 튀어나오는 경우를 제외하고는 단번에 달려들 수 있는 숫자는 한정될 수밖에 없었다.

마음 같아서야 높이 올라가고 싶지만.

'엘리베이터가 먹통이지.'

어째 다 작동을 하는데 엘리베이터만 먹통이다.

하기야 엘리베이터는 상관이 없을지도 몰랐다. 꼭 주은영이 옥상에 있을 거라고는 장담을 할 수 없는 일이니까.

몇 층이든 간에 언제고 튀어나와도 이상할 일은 아니었다. 하지만.

"야, 지금 몇 층이었지?"

"십이 층. 여기 십팔 층 건물이니 꽤 남긴 했지?"

"하. 더럽게 높네."

어째 옥상에 있을 거 같은 느낌이 아주 강했다.

올라가도. 올라가도. 그녀의 기척은 느껴지지 않았으니까.

그래도 당장 밀릴 이유는 없는지라, 잘도 적들을 처리하고 올라갔다.

온몸에 피가 튀기는 했지만, 우리 쪽의 피는 단 하나도 없는 상황. 아주 압도적으로 밀고 있다고 할 수 있는 상황이었다.

근데 묘하게 이상한 건. 아니, 정확히는 찝찝하다고 할 만한 게 하나 있었다.

올라가다 보니 느껴졌달까.

"진짜 무슨 게임도 아니고, 왜 올라갈수록 강해지는 거지?"

"주은영 걔가 원래 중이병이 심하긴 했어. 어릴 때부터."

괜히 헛소리를 해 보는 이준성. 당한 게 있으니, 좋은 소리가 나오는 것도 무리다.

하지만 지금은 진지해야 했다. 한 번 더 강하게 물었다.

"이상한 소리 하지 말고. 이준성 너는 어려서부터 봤으니까 잘 알 거 아냐."

"나라고 알 수가 있나. 뭔가 이상하긴 하단 말이지."

"역시 이상하긴 하지?"

"이상하긴 해. 걔 꽤 실리적이거든. 괜히 여우 소리 듣는 게 아닌데 이런 식의 배치라……."

"흐음……."

그제서야 진지하게 대답하는 이준성이었다.

확실히 나처럼 그도 이상한 걸 느끼는 듯했다.

'뭔가 있는데…….'

그 뭔가를 알 수가 없다.

하기는 우리가 언제 생각하고 움직였나. 깊게 생각하는 건 운이철만으로도 충분했다.

우리가 할 일은 시원스레 깨부수고 박살을 내주는 거다.

의문은 그때 가서 주은영을 잡고 풀어도 될 일이었다. 그렇기에 더욱 속도를 더한다.

"지금까지는 내가 이기고 있는 거 알지?"

"젠장! 망할 길드장!"

"존대나 하라고! 이래 봬도 길드장인데?"

"애들 있을 땐 할 거니까 걱정 말라고! 이쪽이야말로 먼저 간다!"

조금은 여유롭게.

그러면서도 눈은 빛내면서. 주변을 살피는 건 잊지 않으면서. 그렇게 전진을 해 나간다.

*　　*　　*

13, 14, 15, 16층.

순식간에 제압을 해 나갔다. 이제 남은 건 17—18층. 옥상을 제외하고는 2층밖에는 남지 않았다.

갈수록 뭔가 큰 힘의 파동이 느껴지기 시작한다.

처음에는 작은 힘의 파동이었는데, 갈수록 강해지고 있었다.

1층에서는 느끼지 못했던 파동이 올라갈수록 느껴진다. 그쯤 확실해졌다.

뭔가 있다는 것. 또한.

'옥상이로군…….'

남은 두 층 17, 18층이 아니라 옥상에 뭔가 있다는 게 확실히 느껴졌다.

힘의 파동이 그곳에서부터 강하게 느껴지기 시작했다.

어떤 일이 벌어지는 건지는 몰라도 옥상에 '뭔가' 가 있다.

그리고 그 무엇에는 주은영이 깊게 관련되어 있을 것이

뻔했다. 그래서야 더 시간을 끌 필요가 있겠는가.

"야야. 여기 한 번에 뚫을까?"

"흠…… 하기는 투숙객도 이상하게 보이지도 않지. 어?"

두 층 정도야 쉽게 뚫을 수 있다.

힘을 모아서 층을 뚫으려는 그 순간.

"이 미친 새끼들."

"……하."

한 편의 미친 광기가 펼쳐지고 있었다.

"흐헤헤헤……."

"다 죽여! 죽여!"

약에 취한 것처럼, 아니 약에 취한 게 확실한 이능력자들이,

"아아악."

"사, 살려줘. 제바아아알!"

살육극을 벌이고 있었다. 아주 미쳐서!

* * *

피. 피. 피.

처참한 광경이다.

특히나 이런 식으로 만들어지는 학살극을 좋아할 자가

어디 있겠는가. 있다면 그건 미치광이나 살인마다.

"돌았군."

"발목을 잡으려는 건가. 아니면 다른 목적?"

"그게 중요하나. 저딴 짓을 벌인다는 게 중요하지."

차라리 인질극이라도 벌인다면, 금방 제압을 했을지도 모른다.

인질을 잡고 있는 놈의 머리에 빠르게 불을 날려서 이마라도 꿰뚫었을 거다. 손목만 깔끔하게 날려버리거나.

하지만 이런 식으로 미친 짓을 벌여서야.

'하나, 하나. 처리해야 하잖아?'

단번에 처리하는 게 차라리 어려워진다.

상황이 너무 어지럽다. 이리저리 정신없이 도망 다니는 사람들. 그걸 따라다니는 약에 취한 자들. 그들의 속도는 다 각기 제각각이었다.

저런 이능력자들이 어떻게 되든 상관없기는 하지만, 문제는 일반인들이다.

잘못해서 한 대 잘못 맞기라도 한다면, 불을 보고 도망간답시고 움직이다가 재수 없게 맞으면 훅하고 죽는 거다.

거기다 여기저기서 이능력이 느껴진다.

지금 보이는 복도뿐만 아니라, 객실에서도 일은 벌어지고 있었다.

'젠장. 상황을 완전히 꼬아 놨군.'

주은영은 아주 지독한 방법으로 시간을 끌어대고 있었다. 아주 젠장할이었다.

그래도 어쩌랴.

다른 사람을 위해서 목숨을 거는 성인(聖人)은 못 되더라도, 다 죽어가는 사람들을 도울 수 있는 힘이 있는데도 안 도울 만큼 악인은 못 됐다.

"가자."

"젠장할!"

재빠르게 움직이기 시작했다.

검을 빼들고서.

휘이익—

죽든 말든 간에 일단 헌터들을 제압하기 시작했다.

"키익! 훠이! 꺼져! 꺼지라고!"

악의를 가지고 검을 휘두르는 헌터.

약에 취했지만, 김기환이 적이라는 것 정도는 아는 건지 이능력까지 끌어 올리는 자도 있을 정도였다.

스아아악— 퍼억!

순식간에 공기를 뭉쳐서 날리는 헌터도 있었다.

"망할 놈."

보통의 상황이었으면 피했겠지만, 지금은 그게 불가능했

다. 뒤에 있는 인질 때문!

고오오—

불길을 뽑아내서 공기 파동을 그대로 억제해 버린다.

"뒤져."

"캬아악!"

힘을 억제 후 바로 공격.

순식간에 몸을 쏘아낸 김기환은 압도적인 힘으로 적들을 제압해 나가기 시작했다.

문제는 이준성 쪽이었다.

"어억. 뭔 힘이!"

"키이익! 죽어! 죽어! 새끼야! 죽어!"

무기를 빼앗아서 역으로 상대의 몸에 꽂아주는 게 이준성의 특기.

그 특기에는 잽싼 몸놀림과 많은 전투 노하우도 필요했지만, 상대의 무기를 빼앗을 만큼 강한 완력도 중요했다.

순간적으로 이능력의 도움을 받아가기는 해도, 완력은 필수였다.

타고난 힘 덕분인지, 지금까지는 잘도 무기를 빼앗아 왔지만.

"……제대로 취했군. 대체 뭔 약을 먹인 거야!"

"키야아아! 죽어!"

어쩐 일인지 완력에서부터 완전히 밀려버리는 이준성이었다.

이래서야 무기를 뺏어서 다시 몸에 선물해 주는 건 무리.

'어쩔 수 없나.'

스르릉.

지금까지는 유달리 아끼듯 꺼내지 않던 무기를 뽑아드는 이준성이었다.

그건 검이었다. 여인의 하얀 나신처럼 새하얗게 빛나는 검. 어둠으로 점철된 이준성이 쓴다고 보기엔 너무도 하얀 검이었다.

"헤에. 희다!"

약에 취한 헌터가 순간적으로 시선을 줄 만큼. 묘한 분위기가 서린 검이었다.

'별로 쓰고 싶진 않았는데.'

이준성으로서는 철인이 있는 곳에서 새로 얻게 된 무기 중에 하나다.

하지만 아직 완전히 길들였다고 보기엔 무리. 덕분에 지금껏 아끼듯 사용을 자제해 왔지만 이 상황에서는 그도 어쩔 수 없었다.

꽈악.

"뽑게 한 대가는 확실하게 치르라고!"

마음에 안 드는 듯 검을 꽉 쥔 이준성이 검으로 완전히 눈앞의 적을 베기 시작한다.

"캬악!"

막기 위해서, 자신의 무기를 휘둘러 받아치기 시작하는 상대.

하지만.

콰즈즉—

새하얀 나신을 드러낸 이준성의 검 앞에 그대로 무너져 버린다.

'베었다.'

이준성이 검으로 베어버린 거다.

새하얀 나신을 자랑하던 검은 언제 그랬냐는 듯 새빨간 피를 머금고 있었다. 그러다가 금방.

스아아아—

묘한 소리를 내더니, 다시금 새하애진다.

'역시 귀물…….'

마치 피를 흡수한 형상이었다.

처음에는 새하얀 검날이 아름답게만 보였건만, 피를 흡수한 뒤로는 어쩐지 요사스러운 분위기를 풍기기 시작한다.

"대체 그거 뭐야."

"썩을. 나도 받은 거라고!"

이 검은 철인의 선물.

"너한테 딱 어울리는 거다."

라면서 주었던 검이다.

하기는 어쩐지 반쯤은 비틀려 있는 철인 아닌가. 정상인이라기엔 꽤 많은 일을 겪어 버렸다.

그런 철인이 준 선물이 제대로 된 것이라는 전제부터가 잘못됐다.

"버리라고!"

"그래도 성능은 확실해!"

"죽었!"

또 하나 달려드는 헌터를 베어낸다.

샤아아악—

더 피를 원한다는 듯, 상대를 베면 벨수록 검의 휘둘러지는 속도가 더욱 빨라지는 느낌이었다.

계속되는 휘두름. 점차 빨라지는 속도.

'뭔가 서늘한데…… 제길.'

지금 상황을 즐기기보다는 검이 주는 서늘함에 이준성으로서는 어쩐지 꺼림칙함을 느끼고 있었다.

그래도 그가 꺼림칙함을 느끼는 만큼, 검은 더 많은 적들을 베어 갔다.

그가 김기환만큼이나 많은 자들을 베었을 때.

"후우…… 17층은 종료인 건가."

"바로 올라가자고. 이 빌어먹을 걸 뽑은 김에 그년을 제대로 끝내 주게."

모든 상황이 종료됐다.

"으으……."

"크흐으. 내, 내려갑시다!"

자기 살 길을 찾아서 움직이기 시작하는 투숙객들을 두고, 둘은 더 위로 걸음을 옮기기 시작했다.

그리고 그곳에서.

"네가 여기 왜 있어!?"

김기환은 그를 만났다. 꿈에도 생각지도 못한 그를!

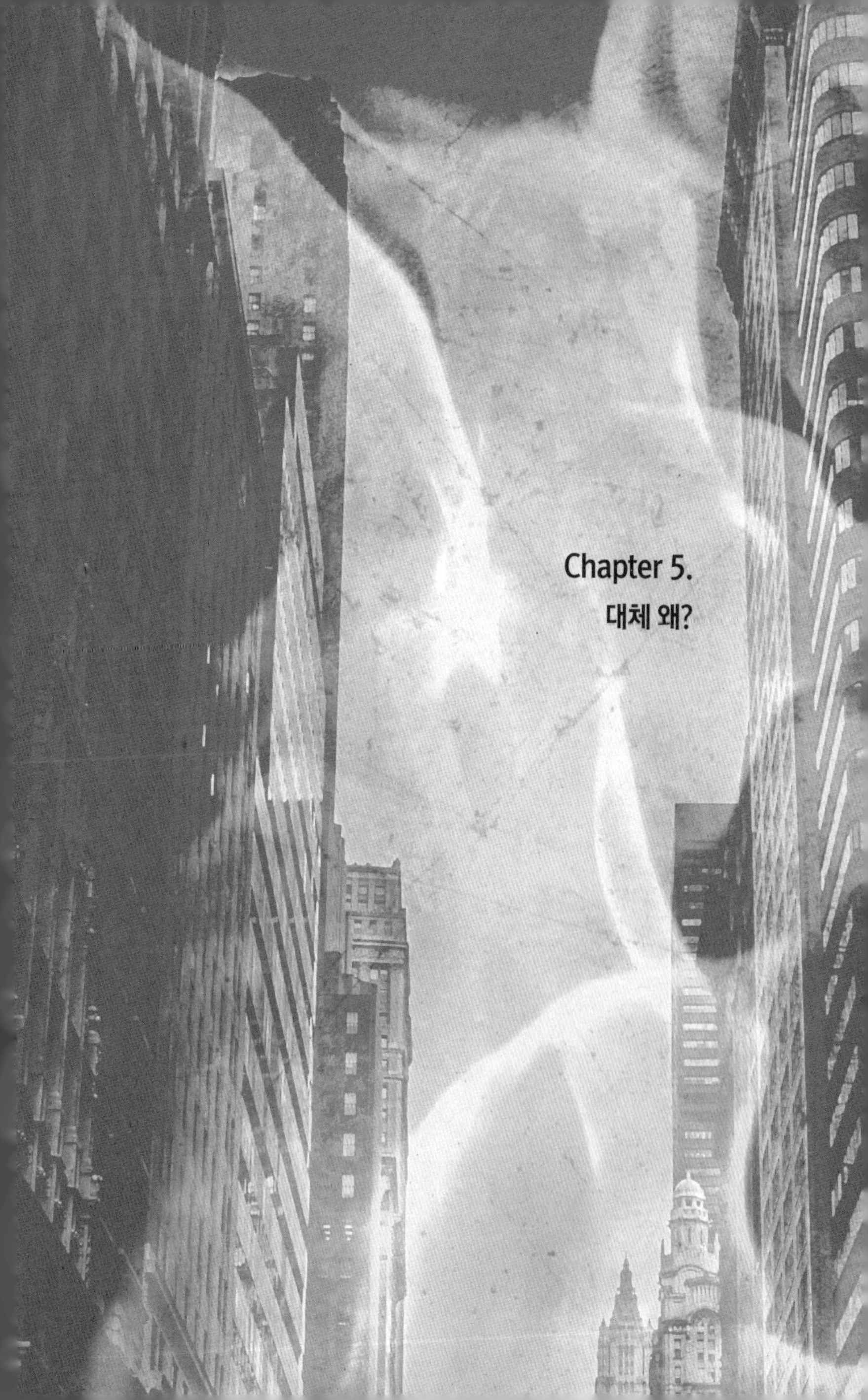

Chapter 5.
대체 왜?

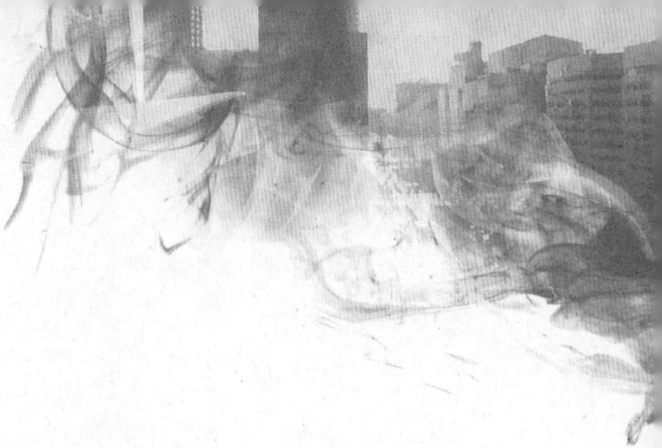

주마등이 스치듯 스쳐 지나간다.

"있잖아. 그거. 중학생 때 그거 해 봐."
"미친, 불능자 새끼!"

나를 괴롭히던 놈의 모습.

"새끼. 싸게 싸게 움직여!"

재촉을 하던 모습.

"뭐 해? 더런 새꺄. 닦기나 해라."

"십만 원 더 챙겼다."

그러다가도 푼돈이나마 챙겨는 주던 모습.

도무지 갈피를 못 잡을 놈.

그러다 새로운 기회로 강해지게 되고 좀 더 나은 삶을 살기 시작했을 때.

"사냥 잘하고 다니고. 내 눈앞에 나타나지 말고. 그리고…… 정말로 의뢰는 하지 마라. 형이 말한 거니까. 꼭 지켜라. 꼭!"

의뢰는 하지 말라고 말하던 것까지.

중2라는 기억에서부터 지금 현재에 이르기까지.

수없이 많은 시간. 일, 달, 년. 그 모든 시간 개념을 통틀어서 지금까지 내 평생에 많은 영향을 끼쳤던 존재.

'증오.'

한없이 미웠고, 한없이 죽여 버리고 싶었지만.

'그 또한 과거.'

이제 와서는 많이 성장해 버린 내가 아니었던가. 그렇기에 일부러라도 찾아가지 않았었다. 보더라도 덤벼들거나 하지 않았다.

나는 성장했으니까. 더는 과거에 얽매일 만큼 찌질하지만은 않았으니까.

지금의 나와 그때의 나는 다르다고 여겼으니까.

괴롭힘을 받던 그때그때 쌓여 왔던 증오와 미움, 악의들이 완전히 사라진 것은 아니지만 애써 가슴속에 있는 걸 끄집어내지는 않아 왔다.

그게 내가 할 수 있는 최선이었으니까.

하지만. 대체 왜.

"허경석! 네가 왜 여기 있냐고!"

"……."

이놈이 여기에 있는 걸까. 여기서 왜 나를 보고 있는 걸까.

당할 걸 알면서도 달려들던 덩치들. 헌터들. 약에 취해 학살극을 벌이던 놈들. 도망 다니던 투숙객들. 전부가 적이었던 이 미친 호텔 안.

아비규환(阿鼻叫喚)이 딱 어울리던 이곳에 대체 왜. 18층에.

"하 정말…… 십팔이다. 어? 왜 하필이면 옥상 마지막에 기다리고 있는 게 너 하나냐."

근래 들어 하지 않던 욕이 비집고 나온다.

이놈이 왜 여기 있는 걸까. 알 수가 없다. 항성에 들어가 있는 놈이 왜 여기까지 왔을지는 가늠도 잡히지 않는다.

놈은 대답도 하지 않았다.

"……."

단지 침묵할 뿐. 입을 아교로라도 갖다 붙여놨는지, 도무지 입이 떨어질 줄을 몰랐다.

다만.

스르릉—

검을 빼들고 있을 뿐이었다. 아무 말도 없이. 그저 무기만을 꺼내드는 그 모습은 많은 위화감을 줬다.

'……뭔가 바뀌었다.'

허경석이 여기 있다는 것에 놀라, 깨닫지 못하던 것들이 그제서야 보였다.

놀란 상황에 정신이 없어, 닫혀 있던 시야가 넓어지니 보여지는 건 많았다.

철벽과 같은 갑옷. 탱커로서 입는 두터운 갑옷만 여전할 뿐. 허경석은 많은 것이 달라져 있었다.

손에 든 무기는 전에 쓰던 중병기가 아니었다. 검이었다.

"내 거랑 비슷한데…… 어디서 구한 거려나."

"……."

이준성의 말처럼 새하얀 나신을 드러낸 검은 그의 것과 꽤나 비슷하게 생겼다.

어디에도 흔치 않은, 눈처럼 새하얗기 그지없는 검날이 그랬다.

하지만 다른 점도 많았다.

새하얀 검날만 같을 뿐, 그의 것은 이준성의 것보다 더욱 두터웠다. 더욱 거대하며, 길었다.

모든 게 이준성의 것보다 길고, 두텁고, 컸다.

다만 새하얀 나신과 같은 검날과 검이 주는 묘한 분위기만이 비슷할 뿐이었다.

그런 이상한 무기를 든 허경석은.

'무슨 세상 걱정은 다 떠안고 있는 거냐.'

바위처럼 탄탄해 보이면서도, 동시에 약해 보였다.

수려했던 외모는 그대로지만, 사람들의 시선을 끌던 반짝임은 어디 다른 곳으로 간 듯했다.

부러울 만큼 반짝반짝 빛이 나던 허경석인데, 지금은 그 빛이 죽어 있었다.

'눈빛이 죽었어.'

되레 내가 더욱 빛이 나는 느낌이었다.

거대 길드 항성.

그곳에 들어가 유망주로서 금방 위로 올라갔던 놈인데,

전에 헌터 관리원에서 보았던 그때보다도 더 눈이 죽어버린 이유는 뭘까.

유년 시절. 아니 성인이 되어서도, 한없이 높아 보이기만 했던 허경석.

너무도 높아서 한때는 내 인생의 목표와도 같았던, 복수를 꿈꾸던 대상이기만 했던 허경석은 완전히 변해 있었다.

전과 180도 다르게!

"안 비키겠지?"

"……."

끄덕.

고개만을 끄덕일 뿐이다. 오직 그뿐.

"사연도 말하지 않을 거고?"

"……."

"역시…… 우리가 뭔가 말하고 그럴 사이는 아니긴 하지. 그렇지."

"……."

아무것도 말해 주지 않을 거라는 처음의 감은 무섭도록 맞아 떨어졌다.

그는 이제 대답조차 하지 않는다.

답을 가르쳐 주지 않는다면, 결국에는 힘으로라도 쟁취해서 찾아야 했다.

그 정도쯤은 멍청한 나도 확실히 알았다.

스윽.

나도 한 걸음 더 내디뎠다.

스르릉.

같이 검을 뽑아들었다. 한철이 정성스레 만들어 줬을 이 검. 나의 애병은, 여전히 처음처럼 내 손에 착하고 감겨든다.

마지막으로 내뱉는 한 마디. 허경석이 아닌.

"이번은 양보해 줘."

"……그래. 그 정도야."

이준성에게로 내뱉는 말이었다.

분위기 정도는 파악할 줄 아는 이준성. 그는 어쩔 수 없다는 듯 몇 걸음 더 뒤로 물러서고는 벽에 기대어 섰다.

마치 자신은 이 이상한 상황을 구경하는 관객 중의 하나일 뿐이라는 듯이.

"……간다. 대답은 나중에 듣지."

"올 수 있다면."

파악—

먼저 나간다. 거리가 좁혀진다.

*　　*　　*

'싸우고 싶은 표정은 아니다.'

허경석 그는 싸움을 원하고 있지는 않았다. 하지만 이미.

고오오오오—

이능력은 차고 넘칠 정도로 끌어 올리고 있었다. 원하든 원치 않든 간에 어떻게든 나를 막겠다는 기세가 느껴졌다.

'결착이로군.'

결국 여기서 그와 나 둘 중에 하나는 끝을 봐야 했다.

스아아악—

같이 기운을 끌어 올렸다. 그대로 베었다!

아래에서 위로!

스승에게서 한없이 배워 왔던, 그 베기를 허경석에게 망설임 없이 날렸다.

검에 맺힌 불의 꼬리가 길게 이어진다.

불의 기운이 잔뜩 맺혀 불 그 자체가 된 검은 주변을 전부 태우고도 남을 힘을 가지고 있었다.

허경석도 지지 않았다.

새하얀 검신이 순식간에 핏빛으로 물들기 시작했다.

내 불이 주변을 환하게 태우는 붉은색이라면 그의 검은 시뻘건 피를 머금은 붉은색이었다.

그 상태 그대로의 부딪침!

콰아아아앙!

이어지는 폭음. 분명 처음으로 부딪힌 건데도 느껴지는 억척스러운 힘!

그리고 동시에 느껴지는.

"……시바. 대체 뭔 짓을 한 거냐! 새꺄!"

"……."

수상스러움. 의문. 궁금증. 호기심.

단 한 번의 부딪침이었을 뿐이지만, 순식간에 몇 가지의 감정이 가슴을 가득 채운다.

허경석이 왜 여기 서 있느냐가 중요한 게 아니었다.

왜 힘이 더 강해졌냐가 중요한 게 아니었다.

무슨 사연을 겪었는지, 얼마만큼 강해졌는지는 이 순간만큼은 절대 일 순위가 아니었다.

'이능력. 섞였어. 아니, 썩었다.'

그의 이능력은 분명히 이렇지 않았다.

자신감에 가득 차서 나를 괴롭혔던 놈이었지만, 이능력 자체가 썩어 있지는 않았다.

순수한 이능력이었다. 다른 이능력자들과 같은 이능력이었다. 그런데 지금 부딪치고 느낀 이능력은.

'혼종……이려나.'

몇 가지의 이능력이 뒤섞여진, 순수하게 하나의 기운만

이 있는 게 아닌 그 어떤 더러운 '기운' 이었다.

말 그대로 혼종.

누가 대체 이런 끔찍한 것을 만들어낸 것인지!

이 미친 기운은 결코 허경석만의 기운이 아니었다. 분명히!

"너 이 새끼. 나한테 의뢰 받지 말라더니 네가 별 이상한 짓은 다 떠안고 다녔구만?"

"……시끄러."

처음 나오는 대답.

그 대답이 끝남과 동시에 나는 다시금 몸을 짓쳐 날렸다.

콰아아앙. 콰앙. 쾅.

그 뒤로 수없이 부딪치고 또 부딪쳤다.

증폭된 허경석의 힘. 옛날의 그 힘이 아닌 기묘한 힘을 깨부수려는 듯이!

'비틀렸어.'

비틀려 버린 허경석의 표정만큼이나, 그 존재 자체가 비틀려 있는 묘한 힘을 깨부술 듯 계속해서 달려들었다.

힘을 아끼지 않았다.

"……."

그럼에도 허경석은 굳건했다.

이 정도로는 자신을 깨부술 수 없다는 듯, 계속해서 기이

한 기운을 방출해 냈다.

내가 어떤 공격을 날리든 막을 수 있다는 듯이, 비틀린 무표정을 유지한 채였다. 나의 공격을 잘도 막아댔다.

오기가 생겼다.

저 무표정을 깨주고 싶었다. 부수고 싶었다. 뭔가 비틀린 것을 다 깨부숴서 옛날의 허경석으로 만들고 싶었다.

'어디까지 버티나 해 보자고!'

고오오오—

힘을 끌어 올린다.

콰아아앙!

한 번의 부딪침에 일 할의 힘을 더한다.

콰앙!

두 번의 부딪침에 지금까지 가져온 경험을 더한다.

쾅!

세 번! 이어지는 그 부딪침에 마음을 더한다.

오래전에는 한없이 높았던 벽. 그럼에도 그 무엇보다 대단해 보이던, 나만의 경쟁자.

그런 존재였던 허경석을 깨부수겠다는 그 마음!

동시에 한때는 내게 벽이 되었던 비틀린 존재를 다시 되돌리겠다는 그 마음을 더한다.

콰아아아아앙—!

어마어마한 폭음이 이어진다.

그걸 허경석은 잘도 막는다. 그래도 분명히 봤다.

"크읏……."

타격이 들어갔다.

병신 같고, 찌질하기만 한 내가 날려대는 미친 검에 굳건하기만 하던 허경석, 그의 표정에 분명 흔들림이 생겨났다.

전에는 깰 수 없던 철벽이었다면, 지금은 그 철벽에 금이 갔다.

바보 같던 나에 의해서!

지금까지 쌓아 온 모든 것에 의해서!

"……끝내자."

휘두른다.

계속해서. 더. 더. 더.

이 금이 간 철벽을 완전히 깨부수겠다는 듯.

한 걸음. 두 걸음. 허경석이 점차 밀리기 시작한다. 조금씩. 조금씩.

절반 정도.

어느새 넓기만 한 복도의 절반 정도를 밀린다.

또르르.

그제서야 허경석의 얼굴에서 흐르지 않을 것 같던 굵은 땀 줄기가 흘러내린다.

'할 수 있어.'

나의 힘. 육체적인 휘두름. 그리고 나의 오기.

그 모든 것들로 허경석을 밀어낼 수 있었다.

친구인지 적인지 모를 허경석을 만나, 이 못났던 내가 드디어 뭔가를 해낸다는 그런 마음까지 들 정도였다.

그런데 그 순간.

"……네가 뚫는 건 불가능해."

허경석의 말이 끝나자마자 다시금 변화가 일어났다.

*　　*　　*

변화가 일어났다.

힘의 파동이 일어난다. 뭔가 이상하다고 여겼던 허경석의 기운. 베일에 가려졌던 그 기운이 급작스럽게 커진다.

'느껴지는 게 다르다.'

지금까지 허경석의 이능력과 섞여 있는 느낌이었다면, 지금은 아예 허경석의 기운까지 삼킨 느낌이었다.

마치 리미트가 해제되는 느낌. 거기에 더해서—

"너 이 새끼……."

몸이 변화하기 시작했다.

철인의 그것과 비슷하면서도 달랐다. 철인은 온몸이 비

늘로 덮였었지만, 허경석은 비늘 따위는 생겨나지 않았다.

다만 근육이 갑작스럽게 늘어나기 시작했다.

그건 보기 좋을 정도로 있던, 사냥으로 단련된 그런 근육이 아니었다.

고목나무의 줄기가 얼기설기 얽히듯 자라나는 근육. 조각처럼 잘 다듬어진 근육이 아닌 마치 야생의 그것과 같은 근육은 낯설면서도 익숙했다.

'몬스터.'

사람의 것이 아닐 뿐. 그가 수없이 상대했던 몬스터의 것과 비슷했다.

만져보지 않아도 알 수 있었다. 한없이 많은 몬스터를 상대했기에 바로 알 수 있었다.

전에도 이런 류를 봤다.

'저크.'

일본에서 왔다는 헌터. 이준혁에게 최후를 맞이했던 그때의 그와 비슷했다.

'어쩌면 그 이상. 젠장.'

뒤늦었지만, 알아챘다. 허경석도 뭔가 '일'이 있었다.

저 기운이 그 증거.

전이라면 못 알아챘을지도 모르겠지만, 여러 경험을 통해서 성장한 김기환이다. 못 느낄 수가 없었다.

"너 대체 뭔 짓을 한 거냐."

"크륵. 네가…… 알 바는…… 아니지."

"시불……."

분명 원해서 한 건 아닐 거다.

그의 표정, 그에게서 느껴지는 감정, 모든 것들이 그가 원해서 한 것은 아니라 말한다.

잘나가는 줄만 알았던 그. 길드의 유망주로 알고만 있었던 그도, 인생이 꼬여 있었다. 김기환. 그가 알지 못하는 이유로!

비록 애증의 관계지만.

'이쁜 거 하나 없는 새끼지만…….'

죽일 만큼 나쁜 놈은 아니었다.

죽도록 미울 때도 있었지만, 적어도 이런 모습으로 있는 허경석을 죽일 수는 없었다.

죽일 때 죽이더라도. 그 옛날의 사슬을 끊듯이 녀석이 자신을 괴롭혔던 것에 대한 복수를 하더라도, 우선은 저런 모습이어선 안 됐다.

그렇기에.

"……일단은 끝나고 제대로 듣자."

다시금 검을 곧게 잡는다. 자세를 잡고. 김기환 또한 지금까지는 억눌러 왔던 힘을 제대로 풀기 시작한다.

지금까지의 전투가 인간 대 인간, 헌터 대 헌터로서의 전투로 검 하나를 믿고 싸워왔다면 이제부터의 전투는.

'전력.'

그 이상.

놀라는 건 잠시뿐. 마음을 다잡은 기환이 몸을 짓친다. 순식간에 거리가 좁혀지기 시작한다.

그런 김기환을 바라보는 허경석은.

"개소리!"

이전과는 너무도 다르게 변한 김기환을 바라보며 작게 인상을 찡그리고는. 어쩔 수 없다는 듯 같이 거리를 좁히기 시작한다.

콰아아아앙—!

큰 폭음. 이차전의 시작을 알리는 신호탄이었다.

* * *

벤다!

'제대로!'

사정을 봐주지 않았다. 오래전 저크를 상대하며 이준혁

이 보였던 필사적인 모습처럼, 김기환도 그때와 같은 필사적인 모습을 하고 있었다.

미친 듯이 검을 휘두르기 시작했다.

김기환의 검이 허경석의 몸에 작렬한다.

'분명히 벴다.'

하지만 그 결과는.

콰앙—!

"……흣. 안 된다고 했잖아!"

폭음. 약간의 신음만 흘렸을 뿐, 강철과 같은 몸이 된 허경석의 몸은 아무런 상처도 나지 않았다.

분명 뼈와 살로 이루어진 피륙일 건데도 불구하고!

화염이 깃든 김기환의 검을 맞고도 제대로 된 타격이 들어가지 않았다. 그 흔한 화상조차도 입지 않았다.

마치 철 덩어리를 때리는 것처럼 '팅' 하는 소리만 계속해서 날 뿐이었다.

제대로 공격을 날리고도 먹히지 않는 상황!

다른 사람이라면 그 상황에 주춤거리기라도 하겠지만. 김기환은 주춤거리지 않았다.

'이런 것 따위 익숙해.'

한 번이 안 되면 두 번. 두 번이 안 되면 세 번을 하면 될 뿐이었다.

한 번의 공격이 실패했다고 당황할 만큼 김기환은 어리숙하지 않았다.

한 번의 실패에 좌절하는 것. 그건 김기환이 보기에 바보들이나 하는 거였다. 그는 대신 검을 계속해서 휘두르기 시작했다.

'같은 곳을 노린다.'

검을 또 휘두른다. 연이어서!

"넌 안 된다고!"

"지랄 마!"

방패라도 되는 듯 팔뚝을 들이미는 허경석.

터어엉!

연이어서 들려오는 묵직한 음. 역시 뚫리지 않았다.

두 번이 안 되면 세 번.

스아아악!

다시 휘둘러지는 검.

텅!

여전히 같은 소리!

세 번을 연이은 연환 공격!

단 세 번의 휘두름이었지만, 김기환으로서는 큰 힘을 불어넣어 만든 공격이었다. 잠시지만 호흡이 흐트러진다.

그때를 노렸다는 듯이.

"너나 지랄하지 말라고!"

허경석이 그 큰 팔을 휘두른다.

그에게 무한에 가깝던 방어력을 주던 철판 같은 팔뚝이 김기환에게로 작렬한다. 갑작스러운 기습!

김기환도 만만치 않았다.

화아아아악—

순식간에 불의 막을 형성해 낸다. 그 불의 막으로 허경석의 공격을 막아낸다.

콰아아앙!

허경석의 팔뚝과 불의 막이 부딪치자 다시금 폭음이 터진다.

"읏……."

뒤에서 가만 지켜보던 이준성도 놀랄 만큼의 충격파가 18층을 감싼다.

콰아앙. 콰앙. 쾅!

연이어서 폭음이 이어진다. 18층을 모두 뒤흔든 충격파가 18층에 있는 모든 유리를 깨뜨리며 소리를 냈다.

놀랄 만한 광경이었다.

"크흐."

김기환의 틈을 노리고 공격한 허경석. 그의 공격 실패는 다시금 김기환에게 공격의 기회를 줬다.

"……."

아무런 말도 않은 채. 김기환은 계속해서 검을 휘두르기 시작했다.

스아아악. 스악. 스아악!

검술의 고수라도 되는 듯. 계속해서 연환계를 날리며 노린 곳은 단 한 곳!

처음에 공격한 그곳이었다.

콰즉—

결국 터져버린다. 연환계를 버티지 못한 것이다.

"크아아악!"

단순히 팔뚝이 터져나갔을 뿐이었다. 그럼에도 허경석은 미친 듯 비명을 지르기 시작했다.

마치 역린이라도 깨어져 나간 것처럼. 온 얼굴이 붉어지기 시작한다. 인상이 잔뜩 찡그려진 얼굴은 얼핏 악귀의 형상과 비슷하게 보일 정도였다.

분명 데미지가 들어갔다.

하지만 그런 데미지를 먹인 김기환은 확실히 알았다.

'모자라. 멀었다고.'

허경석은 이것만으로 쓰러지지 않을 걸 알았다.

그렇기에 그는 한 번으로 만족하지 않고 계속해서 검을 휘두르기 시작했다.

그러며 동시에.

'만들어져라!'

화아아아아악! 화악!

자신의 주변으로 검을 소환해냈다. 아니 검들이 소환됐다.

하나. 둘. 셋…… 수없이 많은 검들이 김기환의 주변으로 소환이 되기 시작한다.

이능력을 각성한 초반. 그의 첫 기술이나 다름없었던 단검과 비슷한 것들이 수없이 생성된다.

어마어마한 수의 단검들이었다.

"미친."

다만 그것은 시작일 뿐이었다.

스아아아악—

단검으로는 부족하다는 듯 길쭉하게 늘어나기 시작하는 검들.

김기환의 주변에서 시작되었던 검의 수해(樹海)는 어느덧 허경석과 김기환이 있는 18층을 전부 감쌌다.

수를 셀 수 없이 많은 검들.

단검을 겨우 형성해 냈던, 최고의 헌터가 되겠다고 헛소리를 지껄이던 때의 김기환이 만들 수 있을 거라곤 생각지도 못한 검들이 만들어진다.

검의 바다가 만들어졌다.

"……."

당황한 허경석이 이리저리 눈을 돌린다.

이쪽도 저쪽도 모두 검이었다. 상하좌우. 그 어느 방위에도 김기환의 검이 없는 곳은 없었다.

'피할 수가 없다.'

이미 모든 곳이 김기환의 영역이었다.

이리저리 돌아가던 허경석의 눈이 그를 가만 바라보고 있던 김기환의 눈과 마주치는 건 순간이었다.

"……끝내자. 이제."

"헛소리!"

꽈악!

기다렸다는 듯 접혀지는 김기환의 주먹. 마치 소중한 무엇을 감싸듯 김기환이 주먹을 쥐자마자.

스아아악—

검들이 쏘아지기 시작한다.

김기환의 가장 가까이에 있던 검에서부터 시작된 검의 진격!

하나둘씩 이어지는 검들이 속도를 더하기 시작하는 건 순간이었다.

수없이 많은 검들이 한 곳만을 향한다. 허경석에게로!

"……하앗."

허경석이 몸을 움츠리기 시작한다. 포기해서가 아니었다.

김기환만큼이나 그도 포기할 줄을 몰랐다.

몸의 면적을 줄이는 거였다. 그가 아는, 방어를 하기에 가장 좋은 자세를 취할 뿐이었다. 동시에 근육을 부풀렸다.

몬스터의 그것과도 같은 근육을!

그것으로도 모자라.

고오오오오—

'막는다.'

의지를 불태우며 안에 있는 이능력들. 그로서는 얻고 싶어서 얻은 것들이 아닌 그 '이능력' 들을 잔뜩 끌어올리기 시작했다.

스으—

거북이라도 된 듯 몸을 움츠리고, 근육을 불러일으킨 그의 몸에 검붉은 막이 생겨나기 시작한다.

마치 거북이의 등껍질처럼!

괴이하고, 불길하기 그지없는 기운이었다. 다만 기운의 목표는 확실했다. 허경석을 보호하는 것!

막이 형성되자마자.

콰아아아앙!

검과 막이 부딪치는 데는 수초의 시간도 걸리지 않았다.

콰아아앙. 콰앙. 콰아앙.

연이어지는 검들이 허경석을 때리기 시작한다.

검 한 자루, 한 자루에는 오랜 기간 동안 서린 김기환의 서글픔과 한이 녹아 있었다.

한없이 화려하기도, 또한 한없이 애증이 깃들어 있기도 한 검이 허경석의 몸에 끊임없이 작렬한다.

어마어마한 폭음을 내면서.

그 모습을.

"……."

김기환은 평소답지 않은 모습으로 침묵한 채. 단 한 장면도 빼놓지 않고서 하염없이 바라본다.

허경석이 더욱 움츠리기 시작한다.

그도 모르는 사이 무릎이 굽혀진다. 정신을 차려 다시 무릎을 곧게 펴 보려 하지만, 굽혀지기 시작한 무릎은 펴질 줄을 몰랐다.

그게 시작이었다.

"크아아아아."

괴성을 내보지만, 그 시작을 막을 수가 없었다.

쿠웅—

왼쪽의 무릎이 굽혀지고. 다시금 이어져 오른쪽의 무릎

마저 굽혀진다.

그럼에도 버티려 악을 쓰며 몸을 일으키려 해 보지만.

쐐에에엑!

김기환의 의지를 담은 불의 검들은 멈출 줄을 몰랐다. 아니 멈추더라도 상관없었다. 그의 검들은 많았으니까.

계속해서 작렬할 뿐이었다.

무릎을 꿇린 뒤에도 남은 검들은. 허경석의 등을 때리기 시작한다.

"크흐……."

콰즉.

허경석의 등이 터져 나가기 시작한다.

인정할 수 없다는 듯 온몸으로 반항하듯 힘을 끌어올리지만 결국 헛된 시도였을 뿐이었다.

"……끝내자."

김기환의 말이 끝나는 순간. 남아 있던 검들. 허경석을 때리고도 수없이 남은 검들이 하나로 뭉쳐버린다.

그리곤.

콰아아앙—!

허경석에게로 작렬한다.

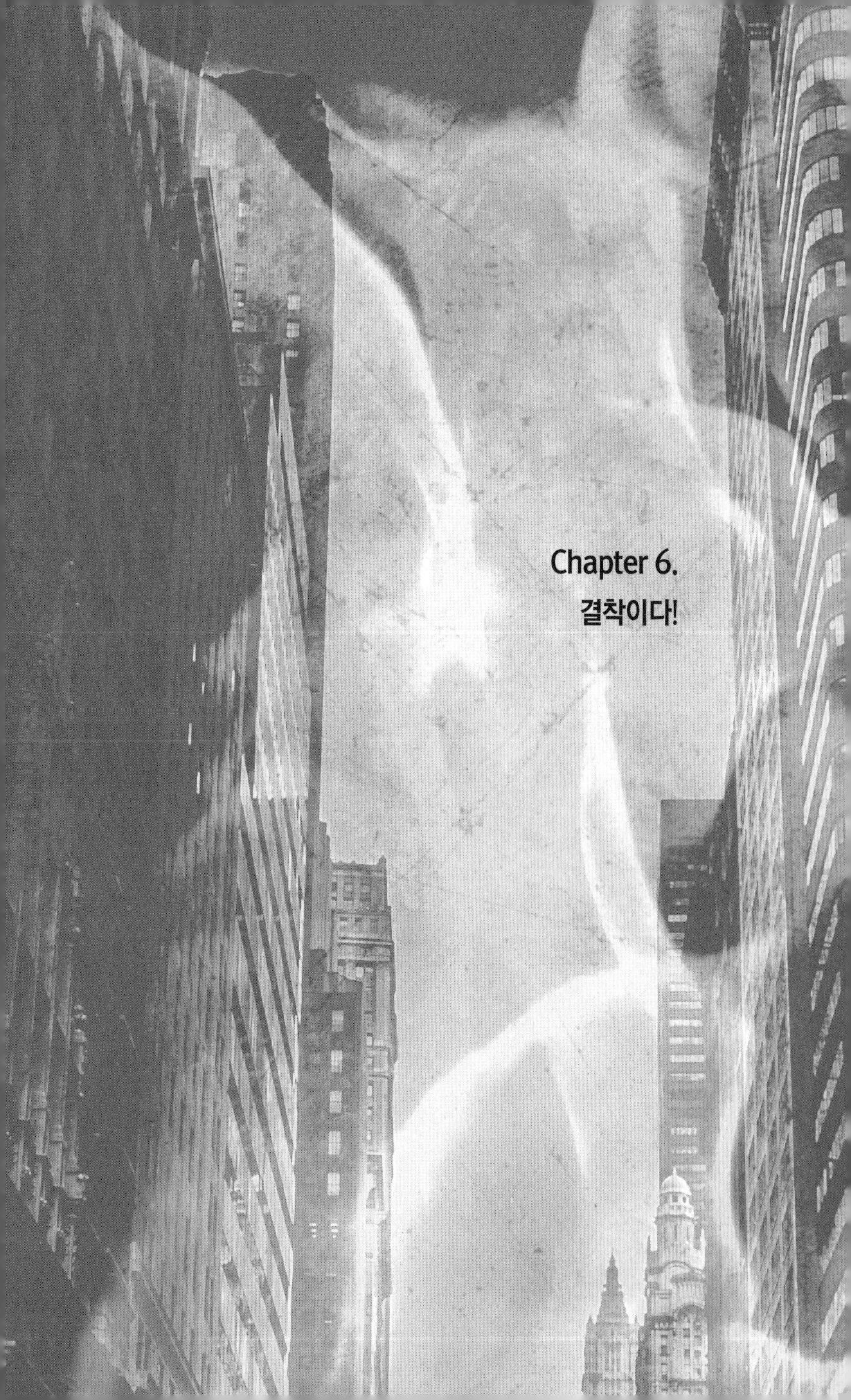

Chapter 6.
결착이다!

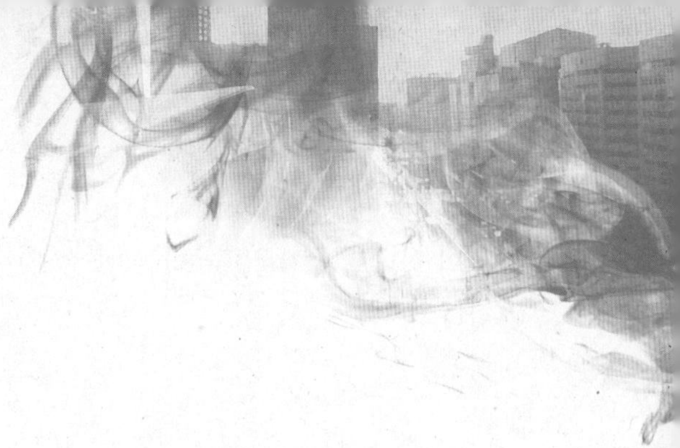

하나로 합쳐져서 그대로 작렬하는 검.

수없이 많은 검들이 뭉쳐진 하나의 검은 한 사람이 받아들이기에는 너무 거대했다.

"우와아아악!"

그걸 악을 써가며 버티는 허경석.

하지만 내가 더 힘을 주면 줄수록 밀리는 쪽은 허경석이었다.

화아아악—

단순히 이능력을 보태는 것만으로도,

"크……."

허경석은 더 버티지 못했다.

검이 하나로 합쳐질 때부터 이미 승패는 결정 났을지도 몰랐다.

"……."

"……."

그가 나를 쳐다보는 것이 보였다. 아무런 말도 하지 않았다.

이능력으로 굳이 느끼지 않아도 느껴졌다. 그는 거의 한계치다. 지금 내게 시선을 보내는 것마저도 그로서는 고통스러운 일일 거다.

복잡한 눈빛이었다. 그리고 그걸 바라보는 나의 눈빛 또한 복잡할 것이 분명했다.

순간 나는 선택의 때가 왔다고 느꼈다.

이대로? 이대로 허경석을 몰아붙일까?

그러면 확실히 끝낼 수 있다. 눈 한 번 질끈 감으면 목숨을 가져가는 건 손쉬운 일이다.

그동안 내가 당한 걸 생각하면, 죽인다 해도 나를 탓할 사람은 없을지도 몰랐다. 전투여서 어쩔 수 없었다는 핑계를 댈 수도 있었다.

하지만 고개를 저었다.

'아니. 아냐.'

그래선 안 되었다.

그래서야 같아진다.

나를 괴롭힌 놈들과 똑같은 놈이 될 수는 없었다.

위선일지도 모르지만, 지금의 선택을 후회할지도 모르겠지만 지금은 아니라는 느낌이 들었다.

스아아.

순간적으로 힘을 뺐다. 이능력을 약화시켰다.

거대한 검이 조금은 흐릿해진다.

그럼에도 그 검을 맞은 허경석이.

쿠웅!!

그대로 쓰러지는 소리가 들려온다.

* * *

'끝인가.'

18층의 모든 창이 깨지고, 벽에는 금이 간 을씨년스러운 상황이다. 그 가운데 덩그러니 쓰러져 있는 허경석 하나.

쌔액대는 숨이 느껴지는 걸로 보아 확실히 죽지는 않았다. 마지막에 힘을 뺀 덕분.

그런 허경석을 바라보는 나로서는 감정이 복잡 미묘했다.

"흐음……."

시원하면서도, 씁쓸함이 함께 느껴졌다.

내 눈앞에 있던 가장 큰 벽. 누구보다 나를 괴롭히던 존재. 애정보다는 증오가 많은 애증의 관계.

그런 복잡한 관계의 허경석이 쓰러져 있으니 감정이 복잡한 것도 무리도 아니었다.

그래도 순간적이지만, 하나의 감정은 확실히 느꼈다.

'해냈다.'

내가 해냈다는 거.

최고의 헌터가 되려면 당연히 넘어서야 할 벽.

이런 식으로 만날 줄을 몰랐던 그를 이겼다는 것에 가슴 깊은 곳에서 짜릿함이 슬쩍 지나가는 거까지는 나도 어쩔 수가 없었다.

비록 상황이 복잡하게 꼬였지만, 허경석 또한 원해서 싸운 상황은 아니었지만 승자는.

"……나다."

누가 뭐라 해도 나였다.

이런 복잡한 상황에 승리감을 느끼다니. 참 나란 놈도 어쩔 수 없는 놈일지도 모른다.

그래도 궁금한 건 아직 많이 남았다.

허경석이 마지막에 보냈던 눈빛. 그가 이곳에 오게 된 상황까지.

'대충 짐작은 간다만…….'

직접 들어봐야 할 게 많았다. 허나 지금의 상태로서는 역시 무리다.

뒤늦게 뒤에서 인기척이 느껴진다. 하나가 아니었다. 둘이었다.

하나는 이준성. 그리고 다른 하나는.

"흐음…… 제 타이밍에 온 거 같군요."

"어떻게 알고 올라온 겁니까?"

운이철이었다.

지금은 이능력을 사용하고 있지 않은 건지 눈이 맑았다. 탁한 회색빛은 온데간데없이 사라져 있었다. 그래도 이성이 가득한 눈빛은 여전했다.

그가 자신의 눈을 가리키며 답을 해줬다.

"상황을 지켜보고 있었죠. 눈으로요. 그러다가 꼭대기를 제외하곤 이능력자가 없는 걸 보자마자 왔습니다. 다행히 딱 제시간에 왔군요."

"하기는…… 옥상 하나 남았으니까요."

"그렇죠. 바로 올라가 보셔야죠?"

"그래야겠죠."

허경석을 고꾸라트림으로써, 김기환이라는 나로서의 결착은 충분히 지었다.

하지만 자라난의 길드장으로서는 주은영을 처리해 줘야 했다. 그러니 결착은 아직이었다. 끝맺어야 할 것이 많았다.

옥상으로 다시 올라가야 했다.

하지만 그 이전에. 나는 슬쩍 운이철을 바라보면서.

"부탁 좀 해도 되겠습니까?"

"예상은 갑니다만…… 처리해 주면 되는 거겠죠?"

운을 띄우자 운이철은 용케도 내 말을 알아들었다.

"예. 문제없도록요."

화아아악—

부탁을 들은 운이철이 이능력을 불러일으킨다. 허경석을 가만 바라보는 그의 눈이 심상치 않았다.

그리고 내려진 결론은.

"여러 가지로 망가졌군요. 그래도…… 어찌 될 겁니다. 이제 길드도 치유계는 꽤 확보했으니까요."

"그럼 부탁하죠."

끄덕.

운이철에게 맡긴 일이다. 그라면 허경석을 내가 원하는

방향으로 잘 처리해 줄 거다.

'일단은 살려 놓고…….'

결착의 마무리는 그가 깨어나고 완전히 하면 될 일이었다. 나로서도 물어보고 싶은 것이 많았다.

'궁금증은 일단 나중이겠지.'

상황을 가만 지켜보던 이준성이 나섰다.

그도 눈치가 있는지라 지금까지는 나서지 않았지만, 끝이 났으니 슬슬 나선 거였다.

"끝이지?"

"아무렴. 양보해 줘서 고맙다."

"그래야 할 거 같았으니까. 그래도 위에서는 나한테 양보 좀 해주라고?"

"아아…… 당연하지."

고개를 끄덕였다.

주은영과 이준성. 어려서부터 인연과 악연이 쌓였다 하는 둘이지 않나.

나와 허경석이 그랬듯 그 둘도 끝맺어야 할 것이 많을 터였다. 당연히.

* * *

18층. 그 위의 옥상까지. 단 한 층이다.

걸음을 바삐 옮긴 덕분에 도착까지는 금방이었다. 하지만 올라가고 나서 상황을 제대로 파악하는 건 금방이지 못했다.

"뭐야 이거……."

"대체……."

미친 광경이었다.

중세 시대에 있었다는 마녀. 그런 마녀들이 축제라도 벌였던 걸까. 생각지도 못한 광경이 있었다.

'미쳤군.'

옥상. 그곳에서 뭔가의 비틀림이 느껴졌다.

가장 먼저 들어오는 것은 눈에 들어온 잔혹한 장면들.

곳곳에 시체가 널려 있었다.

이능력자뿐만 아니라 일반인들도 섞여 있었다. 복장을 보면 알 수 있었다. 고급스러운 옷차림을 한 쪽은 일반인들일 게 분명하다.

이능력자?

그들이 입은 장비만 봐도 이능력자인 걸 알 수 있었다. 이상한 취향이 있지 않고서야 이능력자의 장비를 일반인이 입을 리가 없었다.

게다가 몸에서부터 이능력이 뻗어 나오고 있었다. 눈에

확 보인다.

중요한 건 바로 그거였다.

"대체 뭐야……."

"이쪽이야말로 뭐가 뭔지 모르겠다. 젠장."

이능력이 뿜어져 나오고 있다는 거.

죽은 이능력자로부터 이능력이 뿜어져 나오다니?

'본 적도 없다.'

경험해 본 적도 없으며, 상상해 보지도 못한 일이었다.

심장이 뛰지 않는 걸 봐서는 시체가 분명한데, 그 시체로부터 이능력이 줄기줄기 뿜어져 나오고 있었다.

거기다 일반인들의 피는 살아 있는 생물이라도 된 듯, 한 곳을 향해서 꾸준히 모여들고 있었다.

줄기줄기 뿜어 나오는 이능력. 시체들의 피.

옥상에 있는 것으로도 모자란지 나와 이준성이 걸어올라온 곳으로부터도 슬금슬금 피와 이능력이 옥상을 향해서 올라오고 있었다.

기다렸다는 듯이!

마치 무언가의 제물처럼 피와 이능력이 가는 쪽은 한 방향이었다.

그 가운데에는.

'……대체 저게 왜 있지.'

익숙하면서 익숙하지 않은 것이 있었다.

이준성 쪽은 잘 모르는지, 아니면 현실 파악이 안 되는 건지 되려 물어왔다.

"저거 뭐냐? 내가 생각하는 그거는 아니겠지?"

"맞을걸. 게이트다."

"하…… 뭔가 이상한데."

"확실히 이상하긴 해."

저건 시뻘겠다.

파란색이 아니고 붉은색의 게이트라니. 정상인 것일 리 없지 않은가.

'꽤 오랜만인데…….'

각성한 뒤로 한동안 보지 않고 살아서 잊고 있었다. 그런데 그런 게이트를 이곳에서 볼 줄이야.

그것도 사냥터도 아니라 호텔의 옥상에서!

아무리 서부 지역이 망했다고 해도 도심 한가운데에 게이트가 등장한 거나 마찬가지 아닌가?

상식을 벗어난 일이었다. 저런 거 상상도 하지 못했다. 거기다.

'뭔가 인위적이란 말이지.'

지금 드러난 모습을 보면 확실히 이상하지 않은가.

심상치 않은 일이 벌어지고 있는 느낌이었다.

상상하기도 끔찍하지만. 내가 상상한 대로라면. 미친 상상이기는 하지만.

'제물.'

호텔에 있던 모든 것들을 이용해서 게이트를 열어버린 듯했다.

제물을 이용해서 게이트를 열다니?

그게 가능한 줄도 몰랐지만, 설사 가능하다고 하더라도 같은 사람을 상대로 이리 열어 버릴 줄은 상상도 하지 못했다.

그 어마어마한 광경에 잔뜩 굳었던 이준성이 뒤늦게나마 정신을 차린 듯했다.

"길드장. 우리 좀 늦었을지도 모르겠는데?"

"그럴지도. 그래도 선택권이 없잖아?"

"젠장. 대체 주은영 그년은 무슨 짓을 하고 다니는 거야."

"……이쪽이야말로 물어보고 싶다."

이준성이야말로 가장 궁금한 얼굴을 하고 있었다.

그로서는 소꿉친구나 다름없는 주은영이 이런 짓을 벌인 게, 꽤나 당황스러운 듯했다.

"이런 걸 할 줄 안다고는 생각도 못 했는데 말이지."

"외부에서 도움을 받은 거겠지."

"젠장할. 어렸을 때는 꽤 착했는데 말이지."

"……상상도 안 가네."

착한 주은영이라니. 서부 지역의 밤거리를 다스리는 주은영이 착할 때가 있었다고?

직접적으로 그녀를 본 바는 없지만, 들은 게 워낙 많은 나로서는 상상도 가지 않았다.

그래도 소꿉친구인 이준성이 그렇다면 그런 거겠지. 아마 여기서 가장 당황스러운 건 내가 아닌 이준성일 테니까.

후읍. 후.

그가 크게 심호흡을 하더니, 결심을 해낸 듯했다.

"일단은 들어가 보자고! 들어가 보면 뭔가 알게 되겠지. 하. 친구 하나 잘못 둬서 팔자에도 없는 짓을 다 하고 있네."

"……그래. 가 보자고."

들어갈 때였다.

투욱.

가까이 갈수록 붉은색의 게이트가 우리를 반기듯이 넘실넘실댄다.

불길함의 구렁텅이로 빠져드는 것을 환영한다는 듯이!

그곳으로. 나와 이준성 둘 모두가 발을 디뎠다.

*　　*　　*

이걸 무슨 광경이라 해야 하나.

도심 한복판에 있는 게이트를 통과하는 것도 웃겼지만, 눈앞에 드러난 광경은 더 웃겼다.

'뭔가 익숙한데…….'

분명 처음 들어오는 곳인데 익숙한 느낌이 들었다.

처음에는 그게 무엇 때문일까 싶었다.

전에 상대했던 몬스터라도 등장한 게 아닌가 생각해서 몬스터들을 살폈지만 그건 아녔다.

몬스터들은 완전히 처음 보는 몬스터였다.

'인간형이라니.'

몬스터치고는 드문 형태인 인간형.

자세히 살펴보면 죄다 제각각이기는 했지만, 모두 인간형이라는 공통점이 있었다.

그래도 뭔가 이상했다.

자연스레 이준성을 향해서 물을 수밖에 없었다.

"야. 너 그 검 어디서 났냐?"

"철인, 그 양반이 줬다니까?"

"그 양반은 대체 어디서 그런 걸 주웠대?"

"나도 모르지. 원체 말이 없는 사람이니까. 알잖아? 과거가 알려지긴 했어도 자세하진 않다고."

"흐음…… 그야 그렇다만……."

죄다 검을 들고 있다. 크기는 다양하지만.

어떤 놈들은 팔이 여럿 달려서 여러 개씩 들기도 했는데 그래도 다 검이었다. 중병기를 든 놈들은 하나도 없다.

거기다 더 웃긴 건 그들 손에 쥐어진 검이 종류가 어떻든 간에 상관없이.

'이준성의 것과 동류.'

이준성이 손에 쥐고 있는 검과 비슷하다는 거였다.

몬스터가 인간의 것을 훔칠 리는 없지 않나. 되려 헌터가 몬스터의 것을 전리품 삼아 가져오는 경우가 훨씬 많다.

그렇다 치면 철인이 이준성에게 준 검도 몬스터로부터 획득했을 확률이 높았다.

'철인이 여기에 왔었던 건가.'

라는 생각이 들었었지만, 어째 말이 안 됐다.

그때 철인이 들어갔던 게이트와 지금의 게이트는 분명 다를 테니까. 시간차가 꽤 길었다.

그런데도 여기에 게이트가 있었고, 게이트를 통과하고 나온 몬스터의 검이 비슷하다는 건.

'여기 또한…….'

철인이 당했던 것처럼 인위적인 게이트일 확률이 높았

다.

육욕의 왕 혹은 다른 왕들. 적어도 그들 중에 하나. 그게 아니더라도 어떤 거대한 '몸통' 중 하나가 이 일에 껴 있는 게 분명했다.

그쯤은 돼야 인공적으로 게이트를 열 힘이 있을 테니까.

어째 일이 커지고 있었다.

경기 서부의 범죄 조직 좀 처리하려고 했을 뿐인데,

'주은영 대체 그 여자는 뭘 하고 다닌 거야?'

범죄 조직 처리하자고 겪고 있는 일이 항상 상상 이상이다.

그렇다고 이제 와서 내뺄 수도 없지 않나.

"검에 사연이 있는 건 확실하겠네."

"그러겠지."

"하여간 일만 복잡해지는군. 그래도 가야지 어쩌겠어?"

이준성의 말대로 일이 복잡해지고 있다. 그럼에도 가야 하는 상황이었다.

누군가 준비했을 게 분명한 게이트 안의 던전. 그 안에서 한참 헤매야 하는 게 마음에 들지 않기는 하지만 우선은 발을 디딘다.

그래도 하나는 확실히 할 참이다.

"깽값은 제대로 받자고."

"물론!"

이딴 고생을 하게 한 놈들. 제대로 뒤는 털어줘야 하지 않겠나?

*　　　*　　　*

―키야아악!

몬스터가 달려든다.

이름은 모른다. 이런 몬스터는 어디서도 들어 본 적이 없었다. 검을 사용하는 몬스터라니. 알고 있는 게 더 이상하지 않은가.

굳이 이름을 붙이자면.

'검수.'

기본은 인간형에, 팔이 여럿 달린 것도 있었다.

또 때로는 두터운 다리를 기반으로 순식간에 거리를 짓쳐오는 놈들도 있었다. 이름하야 순간가속이랄까.

어떤 놈은 우리가 사용하는 검술보다도 더 화려한 느낌이 드는 검술을 구사하기도 했다.

실제로 검을 멋들어지게 사용할 줄 알았다.

'준혁이 놈이 여기 왔다면 신났겠군.'

검술이 극한에 이르러 가고 있는 이준혁이 왔다면, 좋은 연습 상대라고 생각했을지도 모르겠다.

그만큼 놈들은 제대로 강했다.

그 한가운데를 나와 이준성이 뚫고 있었다.

"우와악!"

—캬아!

쉐에에엑—

차아앙!

검과 검이 부딪쳐간다. 연속적인 부딪침. 계속해서 들려오는 쇠끼리의 충격음.

그럼에도 이준성이나 검수의 검 모두 검날이 상한다거나 하는 일은 없었다.

'대체 뭘로 만들어진 건지.'

검날이 단 일 프로도 상하지 않는 걸 보면 죄다 전설 속에 등장하는 명검이라도 되는 듯했다.

"……어디 이것도 버티나 보자고!"

화아아아악—!

—……캬아!

쒜에에엑!

다행히도 이능력에는 약한 편이었다. 불이 잔뜩 맺힌 검에는 기세 좋게 달려들던 검수들도 결국 쓰러졌다.

하지만 그것도 초반까지였다.

*　　*　　*

길은 단순했다.

끝까지 직선.

가끔가다 등장하는 문을 통과하게 되면, 보통의 사냥터처럼 큰 공터가 등장하곤 했다.

우습게도 공터는 갈수록 울창한 숲의 형태를 띠었다.

처음에는 무릎까지 오는 풀이 등장하기 시작하더니, 간간이 나무들도 등장하기 시작했다.

들어갈수록 나무들의 두께는 더욱 두꺼워져 갔고, 그만큼 숲은 더욱 푸르러졌다.

몬스터만 없었더라면.

"누가 보면 어디 휴양지라도 온 줄 알았겠어."

"몬스터 다 없애고 휴양지로 만들까? 어때? 휴양지 게이트."

"어이, 어이. 길드장. 말도 안 되는 소리잖아? 무서워서 누가 들어오려고 하겠어?"

"하기는 그것도 그래."

진짜 어디 놀러 온 기분이라도 들었을 거다.

실제로 여태 느꼈던 그 어느 사냥터보다 상쾌한 느낌이

들 정도였다.

그 불길하기만 하던 '붉은색' 게이트를 통과해서 들어온 던전 내부라고는 상상도 가지 않을 정도다.

그래도 안은 갈수록 쉽지 않아졌다.

—캬아아악

—캬악.

몬스터들이 계속해서 등장하는 거까지는 당연했다. 던전 안이니까.

"……이 새끼들 끝이 없네."

"갈수록 태산이로구만."

문제는 난이도. 들어가면 갈수록 놈들은 점점 더 강해졌다.

처음에는 떼거리로 달려들더니, 숫자는 조금씩 줄어들었다. 대신에 줄어든 숫자만큼 더욱 강해졌다.

매우 급격하게!

이번에 등장한 건 대략 스무 마리 정도.

처음에 두 배는 더 넘게 등장하던 때보다는 수는 줄었지만, 하나하나가 보통은 확실히 넘어 보였다.

—캬오오오!

괴성을 지르면서 우리를 발견하자마자 달려들기 시작한다.

"……무슨 아수라냐."

"됐고. 어서 준비나 하라고."

"안 지치나?"

"아직은. 이 정도로 지칠 리가 있나."

"괴물 길드장 같으니라고."

이준성은 나를 바라보며 질린 눈을 하면서도 자기가 할 일은 차분히 해 나갔다.

검을 빼들고, 그 검을 곧추세운다.

—캬아아아!

—캬아악!

각기 다른 여덟 개의 팔. 팔 하나마다 새하얗기만 한 검을 들고 있는 검수들을 향해서!

* * *

쒜에에엑! 쒜엑!

일수, 일수에 담겨 있는 거력이 어마어마한 검수들이 일제히 손을 놀린다.

보통 사람이라면 단 한 번의 휘두름에 머리부터 발끝까지 통째로 아작이 날 거력이 담겨져 있는 검이었다.

피해야 할까? 아니!

'막는다!'

피해서야 기선만 제압될 뿐. 이쪽은 피할 생각이 전혀 없었다.

옆에 있는 이준성도 마찬가지였다. 그가 나를 보며 슬쩍 고개를 끄덕인다. 같은 뜻이라는 소리였다.

막는다.

화아아악! 스아아악!

둘 모두 검에 집중을 한다.

나의 검에는 불길이. 이준성에 검에는 시퍼런 검기와 같은 것이 맺힌다.

'대체 무슨 능력일지.'

아직까지도 이준성의 이능력은 종잡을 수가 없는 느낌이었다.

하기야 무슨 상관이랴.

—캬아아아악!

저 검들. 한 마리, 한 마리가 여덟씩의 검을 휘두르고 있는 검수들을 막으면 족할 뿐 아니겠는가.

"으야아아압!"

"간다!"

콰아앙! 콰앙!

좌측. 한 번 검을 휘둘러 왼쪽으로 날아오는 검들을 막는다.

카아앙!

'아래부터.'

아래에서부터 날아드는 검들을 하나, 하나 막아낸다. 좌측에서 오는 검을 막는 것만으로도 총 네 번의 부딪침이 있었다.

하지만 이게 끝이 아니었다.

다시 오른쪽!

놈들의 팔은 여덟. 넷을 막았다고 하더라도 아직 넷이 남는다.

그걸 막아낸다!

쀄에에엑! 스악!

"어쭈!?"

몬스터가 날렸다고 생각이 들 만큼 단순한 검놀림이 아니었다.

오른쪽 한쪽에서 날아드는 검들이었지만, 검 하나, 하나가 달랐다.

하나의 팔마다 서로 다른 검술을 익힌 듯, 검이 휘둘러지는 모양이 달랐다.

또한 위력도 달랐다. 각도는 또 어찌나 교묘한지, 딱 막기 힘든 각도로 들어왔다.

하나를 막으면, 다른 하나가 그 막는 틈을 노려서 달려드는 게 훤히 보일 정도였다.

'재밌는데?'

허나 이쪽도 만만치 않았다.

이런 공격을 허용할 만큼 경험이 얕지도 않았다.

차아앙!

뒤에서 두 번째로 날아드는 검을 막는다.

—캬오!

동시에 아래와 위에서 다시금 날아드는 검들을.

'불막!'

화아아아악!

불의 막으로 막아낸다.

놈이 든 검들은 전부 명검.

어지간해서는 상하지도 않았던 검들이지만, 내 불길에서는 버틸 재간이 없는 듯했다.

치이이익!

새하얀 검이 붉게 달아오르기 시작한다. 어마어마한 열이 전해지는 듯.

—캬아아!

검을 들고 있는 검수의 손에서 고기 익는 냄새가 날 정도였다.

그때 틈이 만들어졌다.

불에 놈이 고통을 받는 그 순간. 작게 만들어진 잠시의 틈.

'자른다.'

타악—

그 틈을 노려 발을 짓친다. 순식간에 거리가 좁혀진다. 목표는 몸통.

스아아아악!

'제대로다!'

제대로 벴다!

쿠우우웅—

놈의 가슴이 그대로 쪼개진다.

마지막까지 남은 손들로 나를 짓이기려 한다. 큰 손들이 다가온다. 하지만 그조차도 놈의 복부를 발로 차서 거리를 늘린다.

확실히 피했다.

놈을 박차고, 멀리 떨어진 그 순간. 내가 쪼개버린 가슴 사이로 어마어마한 피가 흐른다.

그런데 그 피가.

'붉어?'

마치 인간의 피처럼 붉기만 했다. 몬스터의 피는 녹색.

그런데도 인간의 것처럼 붉은색이라니.

'뭔가 이상한데.'

놈들을 상대할수록 의문은 계속해서 더해져 간다.

하지만 당장 의문을 풀 길은 하나였다.

고민하기보다는.

'끝까지 가 볼 수밖에.'

이 안을 끝까지 가는 것이 가장 빠른 방법이란 건 뻔하지 않은가.

"우와아아악!"

"뚫어!"

—캬오오오!

검수들과 우리가 부딪친다.

*　　*　　*

김기환과 이준성이 던전 안을 뚫고 있을 그 순간. 다른 누군가는.

"오랜만이군요?"

예상치 못한 만남을 가지고 있었다.

Chapter 7.

잘못된 만남

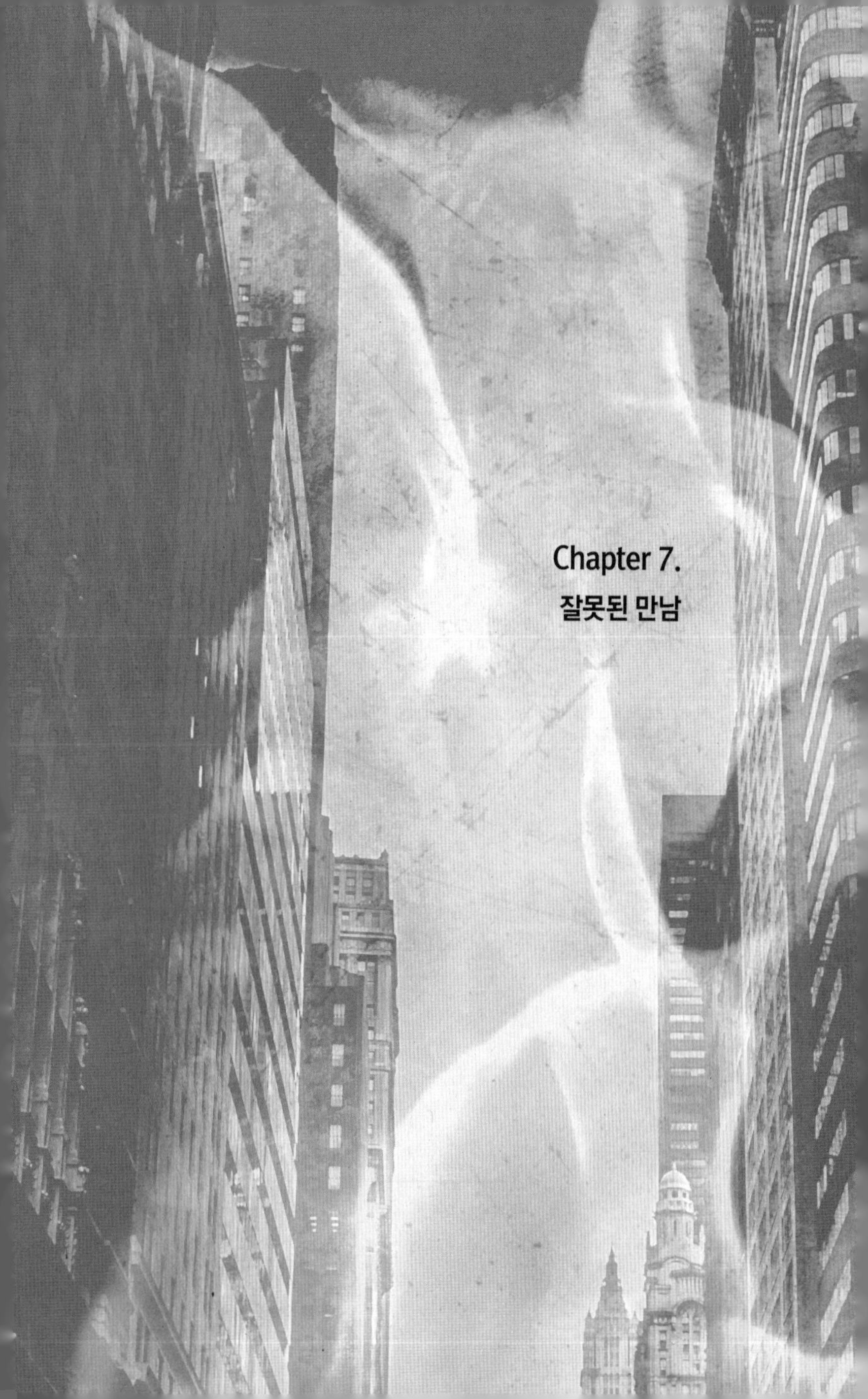

"자네가. 여기 왜 있나?"

식은땀을 줄줄 흘린다.

못 볼 걸 봤다는 표정이다. 아니, 생각지도 못한 어떤 존재를 보게 된 표정이라고 해야 할까.

눈은 벌겋게 뜨고, 식은땀을 줄줄 흘리기 시작한다.

허둥지둥하는 그 모습은 평상시 연구소에서 여유를 흘려대던 소장 이준석의 모습이라기에는 너무 거리가 멀었다.

연신 손수건으로 얼굴을 닦는 게, 불쌍해 보이기까지 했다.

그를 대하는 운이철의 태도는 정반대였다. 당당했다.

"자네라고 하기에는 너무 멀리 왔지 않습니까?"

"허. 험……."

내심 찔리는 바가 있는지 헛기침을 해 보이는 이준석이었다.

전에야 운이철을 상대로 꼬장도 부려보고, 꼰대처럼 갈구기도 했었다지만 여기가 연구소인가. 설사 연구소였다고 하더라도 운이철은 이미 팽당한 지가 오래다.

김기환이 죽을 둥 살 둥 운이철을 찾으러 다닐 때, 그는 오히려 운이철을 찾지 못하도록 지시까지 내린 바 있던 터였다.

사실 그 이전에 운이철이 납치될 때에 소장 정도 되는 이준석이 납치 사실을 모를 리가 없었다.

그러니 운이철의 가시 실린 말에도 이준석은 어찌 대꾸를 하지 못했다.

"일이 있어 왔습니다. 또한 일이 있어서 여기 있는 것뿐이지요."

"이런 곳에?"

"예."

"허……."

살풍경이긴 했다.

이준성의 수하들 중 하나를 시켜 허경석을 모처에 옮긴

운이철이 있는 지금 이곳은 옥상 위였다.

피. 아니면 오로지 시체.

헌터고 일반인이고 수많은 이들의 시체가 있는 이곳은 정상이라고 보기엔 거리가 멀었다.

그런 곳 한가운데에 당당히 서 있는 운이철이었다.

그런 운이철을 바라보는 이준석으로서는.

"자네, 변했군."

"변하지 않을 수가 없더군요."

"하……."

내심 켕기는 바가 있으면서도, 특유의 꼰대 기질이 발동하기도 했다.

처음엔 소심하기만 했던 운이철이 자신 앞에서 당당하게 구는 게 마음에 안 드는 것도 꼰대기질 발동에 한몫을 했다.

"계속 있을 텐가?"

"예."

"자네가 여기 있다는 건. 자네가 이곳에서 일을 벌였다는 의미로 해석해도 되는가?"

"일을 벌였다라……."

이곳에서 일어난 살인들에 대한 혐의를 운이철에게 은근스레 덮어씌우는 말이었다.

"증거도 없을 텐데요?"

"자네 말고는 이곳에 누구도 없지 않은가."

"푸훗……."

"뭔가? 자네, 지금 웃나? 응?"

운이철의 웃음에 이준석이 잔뜩 흥분을 한다. 언제 식은 땀을 흘렸느냐는 듯이!

운이철이 그의 부하 직원이었던 시절처럼, 소리를 쩌렁쩌렁 지르기까지 하지만. 운이철은 얼굴에서 미소를 지우지 않았다.

되려 따져 물을 뿐이었다.

"안 웃고 배길 수 있겠습니까? 납치를 눈감은 뒤에는…… 덤터기 씌우기까지 하는 겁니까? 죄를?"

"무, 무슨 소리인가!"

"언제까지고 그렇게 개처럼 주인 발이나 핥고 사실 겁니까. 이. 준. 석. 소장님?"

"너어! 네가! 나한테!"

삿대질까지 해 보이는 이준석.

하지만 그가 당장에 운이철에게 달려들 수는 없었다.

화아아악—

마침 이능력을 불러일으키는 운이철의 모습에, 그나마 있던 용기도 득달같이 사라졌을 뿐이었다.

"대체…… 어떻게?"

이능력을 사용하는 운이철의 모습에 놀라는 이준석.

상황 파악이 안 되는 건지, 멍한 표정을 짓는다.

그가 알기로 운이철은 이능력자가 아녔다. 그런 운이철이 이능력을 쓰고 있으니 당황을 할 수밖에.

'뒷정리만 하면 된다고 들었는데…….'

한밤중인 지금, 나와서 호텔에서 벌어진 사건의 뒷정리만 하면 된다 들었던 이준석이었다.

연구소 소장 정도 돼서 이런 곳에서 뒷정리를 하는 게 마음에 안 들기는 했지만, 어쩌겠는가. 까라면 까야지.

연구소 내에서야 그보다 높은 자가 없지만, 헌터 관리원 전체로 보면 그보다 높은 이들은 수두룩했다.

해서 밤에 헌터 관리원 헌터들을 대동하고 처리를 하러 나왔건만. 운이철을 볼 때부터 뭔가 꼬인 느낌이 드는 이준석이었다.

그러다가 이내 정신을 차렸다.

'내가 이럼 안 되지.'

운이철은 그의 부하 직원 아니었나.

그것도 연구소에서 따 아닌 따를 당하던 그런 존재였다.

이준석이나 운이철이나 위에서 까라면 까고, 구르라면 굴러야 하는 같은 완성되지 못한 '미생(未生)'. 하지만 자신은 적어도 운이철보다는 낫다고 생각했던 이준석이었다.

그게 그의 자존심이었다. 꼰대 같은 자존심.

죄책감을 느끼면서도, 그를 버티게 하는 비틀린 자존심이었다!

여기서 운이철에게 밀려서야 안 됐다!

그래서야 그 얕은 자존심마저도 사라질 판이었다.

'안 돼!'

마음속으로 안 된다는 비명이 절로 쏟아져 나온다.

여기서, 운이철에게 밀리자고 그가 여기까지 달려온 게 아니었다. 이 늦은 밤에 뒤처리를 하겠다고 나선 건 운이철에게 밀리기 위해서가 아니었다.

그래선 안 됐다.

이준석이 발악을 하듯이 외쳤다.

"뭐하는 겁니까!? 어서 잡지 않고! 저놈을 잡아! 어서 뒤처리를 해야지!"

자신이 동행하고 온 헌터들을 향해서 소리치는 이준석이었다.

우우웅—

이능력을 사용하는 운이철의 모습에 조금은 주저하던 헌터들도 그제서야 자신들의 이능력을 사용하기 시작한다.

스아아악—

헌터 관리원의 헌터들. 관리원에서 주어진 최상의 장비를 각자의 특색에 맞게 낀 그들의 위세는 분명 대단했다.

'생산된 건가.'

운이철로서는 익숙한 게 보이기도 했다.

그가 한창 연구소에 있을 당시 실험용으로 쓰던 장비들이 그들의 손에 쥐어져 있었다.

증폭 장비.

장인들이 만든 장비에, 또 다른 갖은 재료들을 담아서 만든 장비였다.

아직까지는 실험용의 수준이라 봤는데, 운이철이 떠나가 있는 동안 양산이 된 게 분명했다. 그도 아니면.

'실험용 몇 개를 집어서 왔을지도 모르지.'

어느 쪽이든 저 무구들의 위력은 운이철로서도 잘 아는 상황이었다.

그도 일부지만 실험에 참여를 했었으니 모를 리가 없었다.

덕분일까.

"저 새끼만 잡으면 됩니까?"

"다른 사람들은 없지 않나? 저놈 하나면 돼. 하나면!"

"알겠습니다."

처음 운이철의 이능력에 당황했던 관리원 헌터들은 다시 자신만만함을 찾았다.

기세등등해졌다.

허나 그들을 바라보는 운이철이라고 해서 겁을 먹거나 하지는 않았다. 아니 겁을 먹을 이유도 없었다.

앞으로 그가 상대해야 할 이들을 생각하면, 눈앞에 있는 이들이야.

'……잔챙이들.'

곁가지도 되지 못했다.

언젠가 왕들을 쓰러트리고, 김기환을 왕으로 만들어야 할 그가 보기에 저들은 조무래기도 못 되는 존재들일 뿐.

그렇기에 그는 한 점 물러섬이 없었다.

대신 자신의 애병을 뽑아 들고서는 자세를 잡을 뿐이었다.

"어디 한번 뚫어보시죠."

타앗.

관리원 헌터들이 달려들기 시작한다.

그걸 홀로 막으려는 운이철이 있었다!

그의 눈에 깃든 회색빛이 더욱 짙어져 간다.

*　　*　　*

"팔 하나쯤은!"

죽이지는 않는다. 대신 부상 정도를 입힐 생각은 충분히 하는 그들이었다.

관리원 헌터들인 그들로서는, 처음 운이철의 기세에 밀렸다는 것에 자존심이 잔뜩 상해 있었다.

척 봐도 운이철은 강해 보이긴 했다. 이능력 자체가 어마어마했으니까.

하지만.

'이거면 돼.'

그들의 손에 쥐어진 장비.

일이 있을지 모른다면서 상부에서 허가해 준 장비가 있다면 운이철 정도야 쉽게 고꾸라트릴 수 있다고 여겼다.

장비를 통해서 몇 배는 더 강해진 느낌이 그들에게 계속 기세를 더해 줬다.

쓰아악!

헌터들 중 한 명이 무기를 휘두른다. 공기를 가르는 그 느낌이 상쾌하기 그지없었다. 하지만 그 상쾌함은.

콰즈즉—

"……억!"

손목에서 느껴지는 갑작스러운 고통에 한순간에 깨어졌다.

손목에 절로 눈이 간다. 꿰뚫려 있었다.

'검? 아니 검이 아냐. 저건…….'

길쭉한 침 같은 것. 날이 있으니 검이라고는 해야겠지만, 통상적인 검과는 다른 그것이 자신의 손목을 꿰뚫고 구멍을 낸 상태였다.

그것도 몇 센티는 될 듯한 구멍을!

철컹.

자연스레 손에 들린 무기가 떨어진다.

쑤욱.

그제서야 만족스럽다는 듯 손목을 꿰뚫은 길쭉한 침이 쑥하고 팔목에서 빠진다.

너무도 순식간에 일어난 일이었다.

상상치도 못한 상황에 얼이 빠지는 느낌이었다. 뒤늦게 느껴지는 손목의 고통.

"크아아아악!"

그에 아랑곳 않고, 운이철이라는 자는. 그에게 다시금 한 방을 선사했다.

푸우우우욱—

자신의 배를 꿰뚫고 거대한 침이 들어오는 느낌이란!

처음에는 당황으로. 그 다음에는 고통으로 다가왔다!

"큽……."

너무 고통스러우면 숨도 쉬어지지 않는다고 하더니. 그가 딱 그 꼴이었다.

단 두 번.

손목에 한 번. 복부에 한 번. 두 번 휘둘러진 손길에 헌터 관리원 헌터 하나가 그대로 전투불능이 된다.

"……죽지는 않을 겁니다."

운이철의 말이 끝남과 동시에 그의 정신이 아득해져 간다.

'대, 대체…… 이따위 상처에…….'

무슨 짓을 한 건지 몰라도, 온몸의 힘이 다 빠지는 느낌이었다.

그는 관리원의 헌터다. 그만큼 경험도 많았다. 경험이 없었더라면 관리원에 스카웃되지도 못했을 거다.

경험이 많은 만큼 부상의 경험도 잦았다. 이 정도의 상처에 정신이 아득해질 만큼 무른 헌터는 절대로 아니었다.

그런데도 정신이 아득해져 간다.

'뭔가 잘못되고 있어!'

뭔가 이상했다. 말도 안 되는 일이었다. 뭔가 잘못되고 있다는 걸 주변 동료에게 말하고 싶었지만.

"큽…… 크읍……."

고통에 가득 찬 성대에서는 신음만 흘러나올 뿐이었다. 무슨 말이 나오지를 않았다.

그저 그가 마지막까지 볼 수 있었던 것은.

콰즉—

그의 새로운 무기라고 생각했던 무기가, 너무도 허무하게 운이철의 발길질 한 번에 두 동강이 나는 모습뿐이었다.

'……아, 안 되는데…….'

그렇게 그가 쓰러져 갔다.

그리고 그것은 단지 시작이었을 뿐.

요사스럽도록 짙은 회색으로 빛나고 있는 운이철은.

"다음 오시죠."

당장 끝낼 생각이 전혀 없어 보였다.

* * *

"……큽."

하나씩. 하나씩 그렇게 무너져 간다.

손을 자주 놀리지도 않았다. 많아야 두 번. 보통은 한 번이면 꿰뚫린다.

"쿨럭."

규칙은 없었다. 폐. 팔. 다리. 복부.

어떤 규칙도 없이 임의적으로 찔러 넣는다.

그 뒤로? 픽하고 쓰러져 버린다. 쓰러진 뒤로는 간헐적으로 몸을 덜덜 떠는 게 다였다.

전투불능이 된다.

"말도 안 돼!"

"다들 일어서라고!"

다들 경험 있는 헌터인데도 그랬다.

헌터가 괜히 돈을 많이 버는 직업이 아니었다.

파티를 짜면 안전하다고 하지만, 갑작스럽게 무슨 일이 생길 수 있는 게 사냥이다.

사냥을 하다 보면 몬스터에게 팔다리를 꿰뚫리는 건 일도 아니었다. 재수가 없으면 몸 한쪽이 와그작 씹혀버리는 경우도 있었다.

그래도 헌터들은 버텼다.

정신력이 강한 것일 수도 있고, 이능력 때문일 수도 있었다.

어쨌건 헌터라는 족속들, 특히 경험 있는 헌터들은 어지간한 고통에는 꿈쩍도 않았다.

잠시만 버틸 수 있으면 됐다. 일단 버티기만 하면 치유계의 이능력자들이 치유를 해주니까.

그러니 경험 있는 헌터들은 어지간하면 고통에 버틸 줄을 알았다.

가장 좋은 건 몬스터에게 맞지도 않으며, 몸이 아작 나지 않는 거지만 하지만 경험을 쌓다 보면 부상이야 달고 사는 일이었다.

그러니 대다수의 헌터들로서는 지금 상황을 이해를 할 수가 없었다.

'고작해야…… 저게 뭐라고.'

'미친. 정신이 나갔나. 저거 맞았다고 쓰러져?'

다들 한 가지 생각만을 했다. 지금 저리 쓰러지고 있는 게 말도 안 된다고!

단체로 엄살이라도 부리는 게 아닌가 싶은 상황이었다.

푹—하고 침이 박혀 버리면 그대로 쓰러져 버리니 싸움이 제대로 성립되지 않는다!

운이철.

단 일 인에 의해서 옥상이 점령당하고 있었다.

옥상의 위여서, 대규모 기술은 사용하지 못한다거나.

탱커들을 다수 데려오지 않아서 밀린다는 핑계는 대지도 못할 상황이었다.

"큽……."

탱커라고 하더라도 대침만 꽂혀 버리면 그대로 쓰러져 버렸다. 거품까지 물고서 쓰러진 놈도 있을 정도였다.

다들 이해가 안 가는 상황이었다.

'헌터 전용 이능력인가?'

라는 생각이 드는 자도 있을 정도였다.

사람이 예상치 못한 일을 당하면 혼이 빠진다고 하더니

다들 그 짝이었다.

스으으으으—

이능력을 증폭시켜 주는 장비들을 든 채로 이능력을 여전히 유지하고는 있지만, 딱 그뿐이었다.

기세는 운이철에게 확실히 넘어왔다.

아무도 덤벼들 생각을 하지 못했다. 모두가 긴장했다. 물러설 수 없기에 물러서지 않을 뿐이었다.

오로지 운이철의 기세만이 이 옥상 위를 지배하고 있는 느낌이었다.

기세가 죽은 관리원 헌터들. 짙은 회색의 눈을 하고 있는 채로 그들을 가만히 바라보고 있는 운이철.

그들 사이에 묘한 대치 상태가 만들어졌다.

"……."

"……."

싸한 침묵이 그들을 감싼다.

휘이이잉—

옥상 위에서 부는 바람 소리라도 없었더라면, 정말 아무 소리도 안 들렸을 거다. 잘해야 긴장해서 침 삼키는 소리나 들렸겠지.

그들을 가만 지켜보던 운이철이 도발하듯 묻는다.

"안 옵니까?"

"……."

다가서는 자는 아무도 없었다.

아직 운이철보다도 관리원 헌터의 수가 훨씬 많았지만, 감히 덤벼들 생각을 하는 자가 없었다.

그러다가.

"죽어엇!"

뒤를 노리겠답시고 기습을 하는 자도 있었으나.

푸우우욱—

운이철은 바로 반응했다. 순식간에 가슴을 찔러버린다.

"커어어억……."

이번에는 깊었다!

제대로 박힌 덕분일까. 운이철이 무기를 빼자마자 그대로 땅에 고꾸라지듯 쓰러져 버린다.

온몸을 부들거리며 떠는 것이, 다른 그 누구보다 고통스러워 보였다. 기습에 대한 대가는 비쌌다.

다시 또 침묵.

"어쩔 수 없군요……."

촤아아악.

피가 뚝뚝 떨어지는 자신의 무기를 땅을 향해서 한 번 휘두른다. 수없이 많은 자들의 피가 맺혀 있다가 일순간에 사라진다.

묘하게 요사스러운 광경인지라 피가 흩어지는 그 모습에, 움찔거리는 자들마저도 있을 정도였다.

순간.

"……이쪽이 먼저 가죠."

운이철의 몸이 관리원 헌터들을 향해 짓쳐진다. 순식간에 거리가 좁혀진다.

"막아!"

"시바아아아알!"

"우와아아악!"

괴성, 욕설, 비명까지 내지르면서 다시 달려들어 보는 관리원 헌터들.

하지만 그들의 눈에는 이미 패배가 깃든 지 오래였다.

*　*　*

"히이이익……."

악몽. 다시없는 처절한 악몽이었다.

'내가 아는 자가 아냐.'

저걸 운이철이라 할 수 있을까. 이준석이 알기로 운이철은 본래 저런 자가 아니었다.

헌터는커녕, 일반인 하나도 이길 수 있을까 싶었던 게 운이철이었다.

개미 하나 죽이지도 못할 자를 꼽으라고 하면 한 점 망설임도 없이 운이철을 꼽을 수 있을 정도였다.

그런데 지금 이 상황은 뭔가.

새로운 장비. 그것도 관리원의 연구원들이 회심의 역작이라고 만든 장비를 장비한 헌터들이 죄다 쓰러졌다.

뒤늦게나마 요청한 지원에.

"조져!"

"죽이라고!"

수십의 헌터들이 더 달려왔고. 운이철을 향해서 기세 좋게 달려들었지만 결과는 똑같았다.

전부 쓰러졌을 뿐이었다.

그리곤 모두 같은 상태였다. 쓰러진 상태로 기절. 그도 아니면 몸을 덜덜 떨고 있거나.

다행히도, 이 옥상 위에 처참하게 있던 시체들과 같은 처지가 되지는 않았지만 그래도 처참한 건 매한가지였다.

"너, 너는 누구야!"

이준석이 놀라서 외친다.

그가 보지 못하는 동안 운이철은 확실한 포식자가 되어 있었다. 자신이 아는 순수한 운이철이 아니었다.

자신이 알던 운이철은 저러지 못했다.

운이철의 껍질만 뒤집어쓴 다른 존재가 아닌가 싶을 정도였다.

'그래. 그게 맞을 거야.'

현실 도피일까. 이준석으로서는 상상도 하지 못한 일이 벌어지니, 자신도 모르게 정신적으로 현실 도피를 하기 시작한다.

눈앞에 존재는 운이철의 거죽을 두르고 있는 다른 존재. 그래.

"모, 몬스터다 넌! 몬스터야!"

인간이 아닌 몬스터라고 말을 뱉어보는 이준석이었다.

하기는 그가 반쯤 훼까닥 돌아버릴 법한 광경이 펼쳐져 있기는 했다.

시체들이 널려 있고, 그 뒤로 헌터들이 다시 포개져 있으니, 이능력이 없는 이준석이라면 충분히 미칠 법도 했다.

"이 미친 몬스터야! 꺼져! 꺼지란 말이다!"

다른 누구라도 이 광경을 보면 이준석이 미친 듯 외치는 걸 당연하다고 생각할지도 몰랐다.

하지만 운이철의 표정은 냉담했다.

미친 듯 보이는 이준석에게 여전히 그다운 평온한 말투를 던질 뿐이었다.

"……연기력은 여전하십니다?"

"개, 개소리 말아라. 이 몬스터야!"

타악.

순식간이었다.

"읏."

운이철과 이준석의 거리가 좁혀진다. 운이철이 이능력을 사용해서 거리를 좁혔다. 당황스러운 듯 신음을 내뱉는 이준석이었다.

그런 이준석을 턱하니 잡고는.

"……정말로 미쳤을 리가 없지요. 소장님 아니십니까. 산전수전 다 겪으신 소장님이요."

이준석을 향해서 선언하듯 말한다.

"……."

이준석의 눈이 요란하게 돌아간다.

상하좌우. 여러 방향으로 눈을 돌려보며, 어떻게든 빠져나갈 구실을 생각해 본다. 미친 척 몸을 벌벌 떨기도 한다.

하지만 이미 걸려 있었다.

"……시발."

한순간 지껄이는 욕지거리. 그 욕지거리를 듣자 그제서야 운이철은.

쿠웅.

강제로 잡고 있던 이준석의 팔을 놔줬다. 이준석의 몸이 줄 떨어진 인형이라도 되는 듯 고꾸라진다.

미친 척은 거짓말이었을지언정, 겁을 먹은 것까지는 진심인 듯했다.

겁을 먹은 몸이 긴장을 했으니, 제대로 움직이지 못하는 것이 분명했다.

"……더럽게 변했군. 더럽게. 그때의 순진한 운이철이 아니야."

"덕분에요."

이준석을 바라보는 운이철의 눈은 여전히 회색으로 짙었다. 탁했다. 예전의 순진하기만 한 운이철의 눈과는 확실히 달랐다.

하지만 동시에 이준석은 짙은 회색빛 사이로 또렷한 감정 하나는 읽을 수 있었다.

원망.

그래. 저건 원망이라는 감정이었다.

확실했다. 다른 감정은 제대로 못 읽을지 몰라도, 이준석은 원망이라는 감정은 제대로 읽을 줄 알았다.

많이 봐 왔으니까.

자신도 미생이지만, 그 미생이 완성된 삶이 되기를 원하면서 많은 자들을 밟아왔다.

그리고 그 많은 자들이 자신에게 보낸 눈빛은 하나같이

운이철의 눈빛과 비슷했다.

원망이었다.

그러니 모를 수가 없었다.

“큭. 이 미친 세상에 안 미치는 게 이상할지도…….”

하기는 자신이 생각해도 원망을 받을 만하기는 했다.

자신으로서는 연구원의 연구원이 운이철이 납치당하는 걸 눈 한 번 질끈 감고 모른 척했을 뿐인 거지만.

납치를 당한 운이철로서는 죽을 고비도 넘겼으며, 바보 백치가 됐다는 것도 이미 알고 있는 사실이었다.

연구소의 소장 정도 되면 알고 싶지 않아도 주워들을 수가 있었다.

그런 사실을 알면서도, 그를 보듬고 챙기기보다는 바보인 상태로 떠돌도록 뒀었으니 원망을 받아도 쌌다.

다른 이는 몰라도 적어도 운이철의 원망은 확실히 정당했다.

그 정도는 알고 있었다. 하지만 이준석은 끝까지 추했다.

“나라고 해서 하고 싶어 한 게 아니란 걸 알지 않은가? 응?”

“…….”

“다 같은 처지 아니냔 말이야? 자네도 나랑 같은 상황이면 그랬을 거잖아?”

그런 이준석을 운이철은 가만 바라본다. 그러다.

"……적어도 저는 제 사람은 버리지는 않습니다."

"자네가 아니면 내가 당했을 거라고!"

발악하듯 외치는 이준석.

하지만 그 발악도 그리 길지는 못했다.

"자세한 건 차차 들어 보죠."

"무, 무슨…… 커억……."

순간적으로 들어온 운이철의 손길. 그 손길을 받자마자 이준석이 신음을 내뱉으며 쓰러진다.

쿠웅—

그러곤 다른 존재들과 같이 그대로 기절을 해버린다.

결국 이준석도 다른 헌터들과 같게 그대로 포개지게 되었다.

그런 이준석을 복잡한 눈빛으로 바라보던 운이철이 고개를 돌려 바라본 것은.

"……후우."

김기환과 이준성을 빨아들인 게이트였다.

그렇게 운이철은 홀로 선 채로 게이트 앞을 하염없이 지키고 있었다.

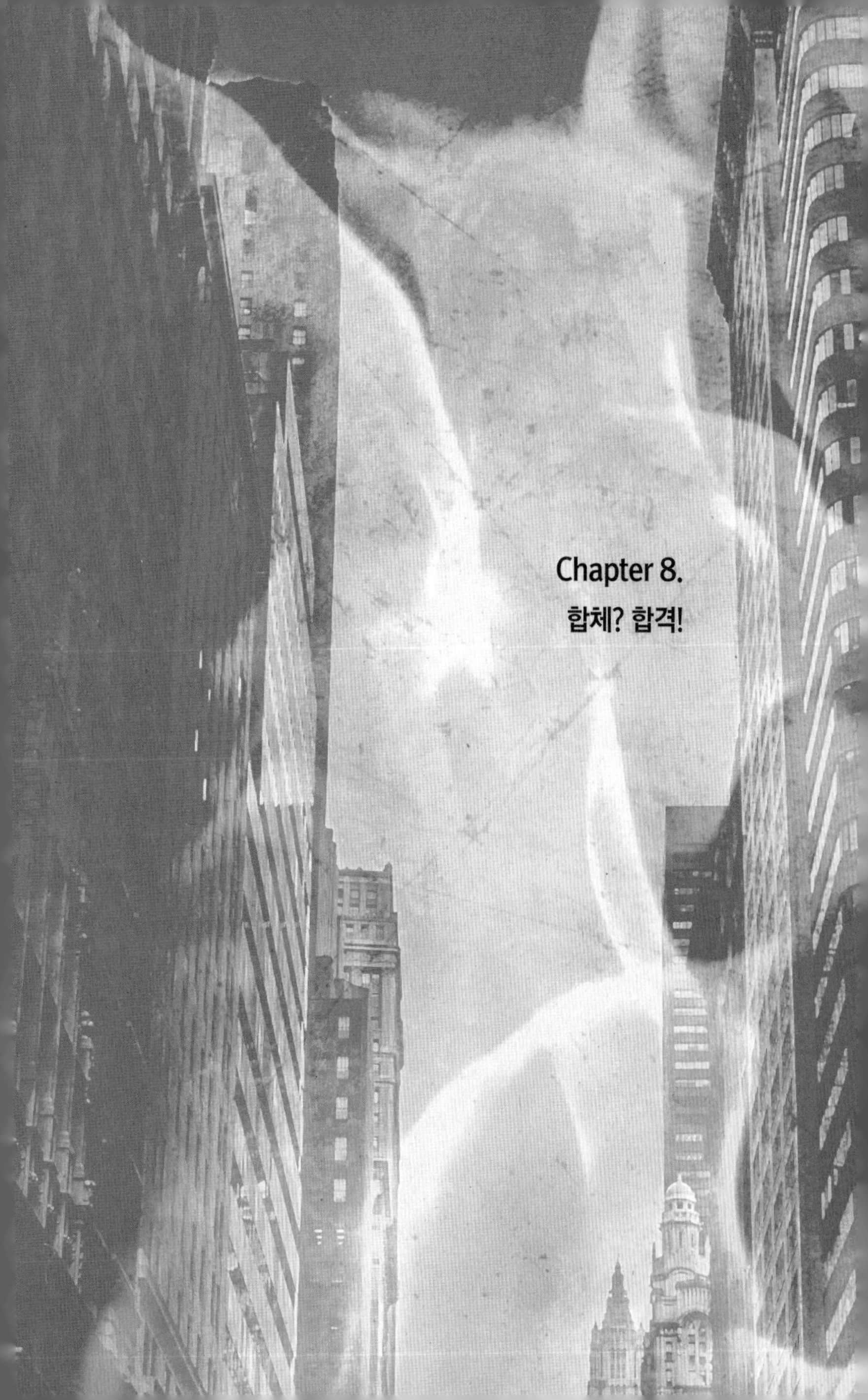

Chapter 8.
합체? 합격!

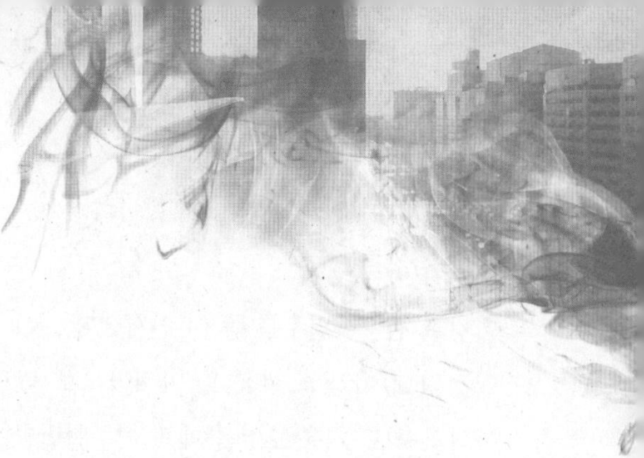

재밌다. 검을 휘두르는 게 즐겁다.

시간이 얼마나 갔을까? 모른다. 어차피 이곳 던전 안에서 전자기기는 먹통이니까. 미리 준비를 하고 온 것도 아니기에 시간을 알 수 있는 방법은 없었다.

많은 시간이 흘렀을 수도 있다.

하지만 어느 순간에서부터 시간이 짧게 느껴진다.

'즐거우니까.'

스아아악—!

검을 휘둘러 오는 상대. 검수들은 점점 더 강해졌다. 그건 처음 들어왔을 때부터 느꼈던 사실이다. 달라진 건 없다.

다만 달라진 게 아주 없진 않았다.

—캬아……

강한 검수들일수록 좀 더 진지했다.

검의 깊이가 느껴졌다. 마지막으로 봤던 이준혁만큼은 아니더라도, 처음 보았을 때의 이준혁만큼은 됐다.

그들은 몬스터지만 검을 제대로 쓸 줄 알았다.

이상한 일이긴 했다.

몬스터가 검술을 갈고 닦을 리가 없지 않은가. 사실 몬스터가 검을 사용하는 것 자체가 특이한 일이다.

이 정도로 깊이가 느껴지는 것도 우스운 일이었다.

'본능 그 자체의 검이라.'

갈고 닦은 것도 아닌, 타고난 검. 그럼에도 깊이가 있는 본능적인 검이라니.

지금까지 알고 있는 검술의 상식을 다 깨는 느낌이었다.

검술이라고 하면 떠오르는 것들이 있지 않은가.

극기. 집중. 수련. 그 외의 많은 심오한 것들.

그런 것들이 검술하면 떠오르는 거였다. 헌데 이 검수란 놈들은 그저 휘두를 뿐이다. 본능 그대로. 그런데도 깊이가 느껴지다니.

'좋은 상대야.'

나에게 이만한 상대가 또 어디에 있을까?

스승을 통해서 검을 익혔을지언정, 제대로 익혔다고 보기 힘든 게 나였다.

아래에서 위로 휘두르는 것의 무한 반복. 그 미친 반복을 통해서 검에 익숙해지고, 경험들을 통해서 나름 주 무기로 검을 휘두르고 있다고는 해도 깊이는 없었다.

되는대로 휘두르는 느낌이랄까?

항상 마르지 않는 갈증과 같은 것이 있었다.

검에 대한 깊이가 부족하고, 수련이 부족하다고 느낄 때가 때때로 있었다.

그런데 이 검수란 놈들을 상대하면 상대할수록 그런 게 사라져 간다. 언제부턴가 나는 무지막지한 이능력으로 검수들을 몰아붙이기를 멈췄다.

'오직 검.'

이 상황을 즐기고 있을 뿐이었다.

스으으으—

이능력은 최소로. 검에 이능력을 불어 넣는 정도로도 충분했다.

—캬오!

힘보다는 기교를 사용하기 시작했다.

'온다.'

단순히 휘둘러지는 검수의 검에서 깊이를 느꼈다. 어디

로 휘둘러질지를 예측했다. 이 다음에 무슨 방향에서 검이 올지 끝없이 읽어댔다.

처음에는 단순하기만 했던 싸움이.

'오른쪽? 아니 왼쪽인가?'

미칠 듯한 수 싸움이 됐다. 검수가 날리는 단 한 번의 공격을 막아냈다고 해서 되는 게 아니었다.

검의 깊이란 건 그런 게 아니었다. 검을 한 번 휘두른 그 다음! 다음 수까지도 미리 예측하고 막아야만 했다.

그렇지 않으면.

콰앙—

쓸데없이 서로의 검과 검이 부딪치게 된다.

"큿……."

—카오오!

지금은 이능력으로 몰아붙이는 상황이 아니다. 그렇기에 순간적으로 힘에 밀린다. 여기서 이능력을 불어 넣으면 힘으로 꿀리지는 않을 터였다.

하지만 피했다. 한 걸음 더 뒤로 물러났다.

힘으로 이길 생각이라면 진즉에 이능력을 불어넣어 베어버렸다. 지금은 단지 즐길 뿐. 또한. 검을 갈고닦을 뿐이다.

그러니 물러서 재정비를 한다.

처음의 수 싸움에서는 내가 졌다. 정확히는 비겼다. 힘에서 좀 밀렸을 뿐이다.

밀리는 힘을 검을 사용하는 기교로써 이겨야 했다.

그게 당장 내가 즐기는 방식.

수 싸움을 이기고, 그를 통해 기교를 얻어내고, 적은 힘으로 검수를 쓰러트리는 게 목적이다.

"다시 해 보자고!"

—캬오오오!

타악.

뒤로 물러났던 몸을 다시금 당긴다. 짓쳐간다. 놈과 다시 가까워진다.

아까와 같았다.

위에서 아래로 내려오는 검. 이 다음에는.

'왼쪽이었지!'

그걸 읽어내지 못해서 밀렸었다. 하지만 이번엔 달랐다. 위에서 내려오던 검이 순식간에 멈춘다.

후우웅—

순식간에 변한다. 내려치기에서, 찌르기로 변한 검수의 검이 나의 복부를 뚫을 듯 다가들어 온다. 하지만.

'이쪽은 읽었다고!'

역으로 막아냈다. 내 검을 위에서 아래로 내리찍어서는, 찌르고 들어오는 검수의 검을 아래로 내리꽂는 데에 성공했다.

푸우욱—

어마어마한 힘이 실렸던 건지, 아래로 처박히는 검수의 검이 땅에 푹하고 박힌다.

기회였다.

—캬아아!

놈이 검을 다시 뽑아들기 전에 죽일 수 있는 기회!

"죽엇!"

푸우우우욱—

놈이 다시 검을 올리기 전. 내 검이 더욱 빨랐다. 놈의 복부에 나의 검이 검 끝까지 푹하고 들어간다.

'이놈은 여기까지!'

화아아아악—

뒤늦게 불어 넣은 이능력. 그 이능력을 받은 검이 화마(火魔)가 되어 검수의 온몸을 그대로 감싼다.

검수의 온몸이 그대로 불타오르기 시작한다.

—캬오오오!

억울하다는 듯 비명을 지르면서 나를 바라보는 검수. 하지만 끝이었다.

스아아아악.

순식간에 재가 되어 버린다. 남아있는 화염마저도 나의

품에 들어오면 끝이 난다.

"다음……."

바로 다음 목표를 찾았다.

이 미친 갈증을 해결하고 즐거움을 안겨줄 검수를.

*　　*　　*

'저 괴물 새끼.'

이준성으로서는 입이 닫힐 줄을 몰랐다.

지금 눈앞에 있는 김기환은 처음 여기에 들어왔을 때의 김기환과 또 다른 느낌이었다.

안 그래도 강한 것은 알고 있었다.

다들 말은 안 하지만, 김기환이 가진 불의 힘이라고 하는 게 보통 수준이 아니라는 것 정도는 눈치로라도 모를 리가 없었다.

하지만 딱 그뿐이라 생각했다.

'무슨 아직도 성장을 하냐고!'

게임에서도 이미 강한 놈은 더 강해지기 힘들지 않은가.

초반에나 빠르게 강해지는 거지, 그 뒤에서부터는 강해지기 힘든 게 상식이다.

현실도 마찬가지 아닌가.

이능력을 얻은 초반에는 충분히 쉽게 강해질 수 있다. 몇 배고 강해지는 경우가 많다. 안 그러는 경우도 있지만 그건 소수다.

갈고 닦기에 따라서 강해질 수 있는 게 이능력이다.

다만 언제부턴가 벽에 부딪치게 된다.

강해지다 보면 아주 높은 벽이 기다리곤 한다.

많은 이들이 거기서 선택해야 했다.

미친 듯이 노력을 해서 그 벽을 뛰어넘느냐. 아니면 여기까지 온 것에 만족하고 포기를 하느냐의 선택을 해야 했다.

'그래도 안 되는 놈은 안 되지.'

물론 선택이 다는 아니었다. 그 미친 듯이 높은 벽을 뛰어넘느냐 아니냐는 선택에만 달려 있는 게 아니었다.

아무리 죽을 둥 살 둥 노력을 해도, 목숨 걸고 사냥을 해도 벽을 뛰어넘지 못하는 이능력자는 수두룩하다.

그때부터 성장이 멈춘다.

벽을 넘지 못하고, 정해진 등급대로 살아가는 이능력자는 수두룩하다.

이준성 그 자신도.

'몇 번의 벽을 뛰어넘기야 했다만…….'

벽을 뛰어넘기는 했다. 하지만 항상 긴장한다. 또 어떤 새로운 벽이 나타나서 자신을 막을지, 또한 언제까지 강해질 수 있을지 불안해한다. 때로는 노력을 해도 안 되는 그런 것들이 있다는 걸 충분히 아니까.

그러니 김기환도 그럴 줄 알았다!

이미 미친 듯이 강한 김기환 아닌가. 그 무한한 듯한 이능력으로 미친 듯이 밀어붙이는 것만으로도 그는 이미 강했다.

그런데.

'……검이 강해져?'

지금도 강해지고 있다. 저건 사기였다. 볼수록, 시간이 지나면 지날수록 강해지고 있었다. 멈추지를 않는다.

다른 사람이면 말도 안 되는 소리라고 하겠지만,

'저런 건 내가 제일 잘 알지.'

다른 누구보다 이준성은 김기환이 강해지는 걸 더 잘 느낄 수가 있었다.

그가 가진 이능력 덕분.

이준성이 가진 이능력은 운이철의 것처럼 분석을 할 수 있는 것은 아니다. 그런 걸 가졌더라면 그는 딜러로 활동하지를 않았을 거다.

그의 이능력은 '무기에 대한 지배.'

그의 이능력은 그의 손에 쥐어진 무기의 숙련도를 다르게 만든다. 강함을 다르게 만든다. 또한 이능력을 불어넣음으로써 더욱 강하게 만들 수가 있다.

그의 손에 쥐어진 무기는 명검이 되고, 명검은 신검에 가까운 능력으로 몬스터를 쪼갤 수 있게 만들어준다.

보기에 따라 어설플 수도 있는 이능력이기는 했다.

불과 물 같은 자연계의 이능력도 아니고, 무기에 관한 이능력이라니. 어중간해도 너무 어중간하다. 제약도 많다.

하지만 그 많은 제약들을 이준성을 깨 왔다.

'미친 듯이 노력해 왔지.'

없던 무구는 몬스터의 것이라도 뺏어서 사용했다.

미친 듯이 장비에 집착을 할 때도 있었고, 그 자신 자체가 수련을 해서 강해지기도 했다.

다른 이능력자의 무기를 뺏자마자, 자신의 것처럼 사용할 수 있게 되기까지!

그는 정말 미친 듯이 노력해 왔다.

그러다가 근래에 이르러서는.

'…… 이 검이 문제지.'

그의 손에 쥐어져 있는 검. 즉, 철인이 준 검에 막힌 느낌이기는 했다. 일종의 벽이랄까.

어떤 무기이든 쉽게 익숙해지고, 쉽게 사용할 수 있게 되는 그인데 이 검은 아니었다.

마치 자신을 길들일 수 있으면 길들이라는 듯, 놀리는 느낌이었다.

평소에는 자신을 사용하라고 유혹하면서도, 또 막상 사용하면 이준성의 말을 잘 들어주지 않는 그런 재밌는 검이다.

'검 주제에 밀당을 한단 말이지.'

우우우웅—

지금도 그의 생각을 읽어내는 듯 몸을 부르르 떨지 않는가. 그래도 이곳 던전에 들어와서는, 검수인지 뭔지 하는 몬스터를 상대하면서 점차 익숙해지는 느낌이었다.

이 마검 같은 검도 점차 손에 익는 느낌이었다.

그런데 저 길드장이라는 김기환 놈은 그 이상으로 하고 있지 않은가? 자신이 한 발 나아가서 강해지면, 저놈은 두 발 세 발이 아니라 몇 발은 더 나가는 느낌이었다.

'쯧…… 이래서야…….'

이래서야 면목이 살지 않지 않는가?

아무리 김기환의 밑에 있다지만, 그도 자존심이 있는 남자인 이상 강해지고 싶은 건 당연한 일이었다.

그래서일까.

'한번 해 봐?'

이준성이 평소 하지도 않던 미친 짓을 시도해 보려고 하고 있었다.

*　*　*

좌아아악!

—캬아아

김기환처럼 웃음을 지으면서 검수를 상대할 여유는 없었다.

또한 그럴 생각도 없는 이준성이었다. 즐기는 건.

'괴물들이나 즐기는 거고.'

김기환 같은 자들이나 하는 거다.

자신 같은 자들은 즐기기보다는 진지한 게 더 나을 때도 있었다. 아니면 아예 즐기는 걸 넘어서 미쳐 버리거나!

이준성은 미치는 쪽을 택했다.

'해 보자.'

검수를 베고 남은 잠시의 시간.

—캬오오오!

다른 검수들은 김기환을 향해서 집중을 하고 있는 그 시간에 이준성은 미친 짓을 위한 준비를 위해 부산스레 움직였다.

쩌어어억— 쩌억—

그가 가지고 있던 공간 장치에서 검들을 뽑아들기 시작했다.

촤르르르륵—

몇 자루의 검들이 그 새하얀 검신만큼이나 묘한 소리를 내면서 땅에 박혀들었다.

전부가 새하얗다. 여기에 정오의 태양 빛이라도 내리쬔다면 당장 눈이 따가울 정도로 새하얬다.

푸우욱— 푹—

그 검들을 수십 개.

자신의 주변을 둘러싸듯이 박아 버리는 이준성이었다.

'이쯤이면 될까? 조금 아쉽긴 한데.'

꽤 많은 검들이 딸려 나왔다. 김기환의 공간 장치에 있는 것까지 박아 넣으면 이보다 더 많아지겠지만. 당장 김기환은.

"죽엇!"

사냥에 완전히 푹 빠져 있었다.

끝없이 달려드는 검수들을 상대로 검을 휘두르기 바빴다. 이 안에 있는 모든 검수들이 다 죽기 이전에는 멈추지 않을 기세였다.

특이하게 갈수록 검수들의 숫자는 줄어드는 편이었는데, 여기는 안 그래도 검수의 숫자가 좀 더 많았다.

그러니 사냥에 푹 빠진 김기환이 정신을 차릴 확률은 더더욱 낮았다.

'어쩔 수 없지.'

이준성으로서는 검을 꺼내는 건 여기까지로 만족해야 할지도 몰랐다.

하기는.

'이 정도로도 많아.'

이 많은 검들이 전부 그의 미친 짓에 '동참' 해 줄지는 모를 일이었다.

이 미친 마검과 같은 것들은, 분명 뭔가 있었다.

반쯤 미친 철인이 준 검처럼, 당장.

우우우우웅— 우웅—

공명하는 듯 울고 있지 않은가?

검의 공명이라니. 옛사람이 봤더라면, 귀신 붙은 검이라고 하면서 놀랄지도 모를 만큼 특이한 광경이었다.

'역시 미친 검들이야.'

우우웅—

자신은 미친 게 아니라는 듯 손에 쥐어진 검이 부르르 몸을 떨지만, 살포시 무시를 해주는 이준성이었다.

어쨌거나 준비는 다 끝났다.

수십 개의 검들이 박혀 있었고. 그 검들은 특이하게도 공명을 한다. 살아 있는 생명처럼.

검수가 몬스터가 아니라, 이 검들이 몬스터가 아닐까 생각이 들 정도로 소름끼치는 광경이지만, 이준성은 만족하고 웃었다. 누가 보면 김기환이랑 쌍으로 미쳐서 웃고 있는 거 아니냐고 할 만한 미소였다. 하지만 아쉽게도 여기서는 둘 외에 다른 누군가가 없었다.

"좋아. 좋아. 한번 해보자고."

스아아아아악—

그의 온몸에서부터 이능력이 뻗어 나간다.

푸른색의 귀기 어린 불꽃.

그가 그로서 있게끔 해주는 힘. 그의 가치관을 관철시킬 수 있게 하는 이능력이 어마어마하게 뿜어져 나온다.

'……처음인데 말이지!'

화아아악!

그 귀기 어린 불꽃이 개화를 한다. 순식간에 퍼지기 시작한다. 그를 감싸고도 모자라 주변 전체를 감싸기 시작한다.

끝없이 넓게 퍼지기 시작하는 불꽃들이 멈춘 곳은.

우우우우웅— 우웅—

검수들이 사용하던 검이었다.

이준성의 이능력과 검이 접촉하기 시작하자, 검수들이 사용하던 검들은 더 미친 듯이 울기 시작한다.

부르르르— 부르르—

환희라도 느끼는 듯, 떨림이 더욱 심해지는 검도 있었다.

물론 그의 이능력을 받아들이는 검만 있었던 것은 아니

다. 다른 어떤 검들은 대놓고 이준성의 불꽃을 거절했다.

허나 허튼 반항이었다.

"말을 들으라고!"

그가 찢어지는 비명을 지르듯 외치며, 그의 안에 있던 이능력들을 모두 불태우는 그 순간.

고오오오오오오—

그의 외침이, 의지를 받아들였고, 그 의지로 증폭된 이능력들이 그에게 반항을 하던 모든 검들을 잠재웠다.

마치 패황이 자신의 아래에 있는 모든 것들의 복종을 받아내듯, 검들을 복종시켰다.

그리고 나서 만들어지는 그 광경.

고오오오오—

모든 검들이 살아 있는 생명이라도 되는 듯 떠오르기 시작했다. 복종하듯 이준성의 주변을 감쌌다.

신하가 왕을 호위하듯, 오직 그에게만 충성을 바치는 듯, 부르르 떠는 검도 있을 정도.

일을 벌인 이준성으로서도 생각지도 못한 광경이 만들어졌다.

"……하. 되잖아?"

그로서는 모든 것이 연결된 느낌이었다.

모든 검이 그의 손에 쥐어진 느낌이 드는 게, '모든 무기에 대한 지배' 가 제대로 이뤄진 것 같았다.

적어도 그의 손에 둘러싸여 있는 모든 검들은, 전부 그의 권속이 된 느낌이었다.

'성장한 거려나? 아니면…….'

처음 해보는 시도였다.

그런데 성공했다. 전이었다면, 안 됐을 거다. 해보지는 않았지만 알 수 있었다.

자신이 강해져서 그럴지도 몰랐다.

아니면 전에 운이철이 지나가면서 말한 대로.

'김기환…….'

길드장 김기환. 그의 옆에 있으면서 더욱 강해진 걸지도 몰랐다.

운이철은 끝을 모를 듯 성장하는 자, 가만 있어도 빛이 나는 자가 김기환이라고 했다. 처음은 아니었더라도 언제부턴가 사람을 끌어들이는 뭔가가 있다 말했다. 자신도 그런 김기환에게 전염되듯 전염된 것일지도 몰랐다.

항상 목숨을 걸고 내달리는 김기환. 그 옆에 있으면서 강해져 버린 걸지도 몰랐다. 자신도 모르게.

어느 쪽이든 상관없었다. 중요한 건 자신이.

'미친 짓에 성공했다는 거지.'

자신의 의지를 관철시킬 일을 해냈다는 게 중요했다.

"놀아 볼까? 후후."

김기환과 같은 이준성의 미소가 더욱 짙어진다.

그가 손을 내뻗는다.

스아아아악—

검들이 공간을 가르며 날아가기 시작한다.

*　　*　　*

"으어어억? 이 미친! 나는 피하라고!"

검수들과 한창 즐거운(?) 시간을 보내고 있던 김기환으로서는 놀랄 노 자의 상황.

갑작스럽게 미친 검(?)들이 날아오기 시작했었다.

'검수들의 검?'

처음에는 검수들이 어디서 또 새로운 기술을 이용해서 검을 조종하는 게 아닌가 생각이 들 정도였다.

막으려면 막을 수 있는 김기환이었지만, 아무래도 수십 개의 검이 한 번에 달려드는 광경은 아무리 그라고 해도 아찔할 수밖에 없었다.

저 많은 검들이 자신의 몸에 푹푹 하고 꽂히는 상상만 해도, 소름이 우수수 들 정도였다.

하지만 다행히도 검은 이준성의 것이었다. 몬스터들이

하는 것이 아니었다.

문제는 이준성 놈이.

“너 일부러 그러는 거지!? 응!?”

“괴물 길드장아! 너는 당연히 피할 수 있잖아!”

어째 너무도 아슬아슬하게 검을 조종하고 있달까?

스읙— 슉—

공기를 가로지르면서 검들이, 김기환의 옆을 스쳐 지나가는데 그 거리라고 하는 게 너무 짧았다.

이준성이 조금만 실수를 한다면, 김기환의 몸을 베고 갈 기세였다.

스릴을 즐기는 자라면, 이 광경을 즐길 수도 있겠지만 아쉽게도 김기환은 이런 스릴은 취향에 맞지 않았다.

덕분인지 괜히 심술이 난 김기환이었다.

그가 언제 당하고만 살던가. 같은 길드원이라고 하더라도, 자신을 건드리면(?) 잠자코 있지 않는 게 김기환이었다.

한 대 맞으면 두 대 더 치고, 세 대는 이자로 주는 게 김기환이었다.

김기환이 반쯤 악에 받쳐서 외쳤다. 자신의 검수들을 뺏겼다는 감정도 함께 담긴 외침이었다.

“너 자꾸 이런 식으로 나온다 이거지?”

“뭐가!?”

"몬스터 스틸하고 말이야. 거기다가 자꾸 이렇게 아슬아슬하게 검 보낼래?"

"우연이라고!"

"자꾸 이러면 이쪽도 수가 있다고?"

"해 보든가!"

허어. 아쉽게도 이준성은 그런 김기환의 성격을 모르는 듯했다.

하기는.

'예전에도 이런 사람 하나 있었지.'

이런 경우가 처음이 아니었다. 바람의 기술을 멋들어지게 쓰면서 자신에게 승부를 걸어오던 이능력자도 있었다. 최근에는 천정의 정상수가 괜히 덤벼들기도 하지 않았나.

그럴 때면 항상 김기환도 상대의 힘을 역이용하곤 했다.

화아아아아악—

바로 지금처럼!

김기환의 온몸으로부터 어마어마한 화염이 뻗어 나오기 시작한다. 검으로 검수들을 상대한다고, 지금까지 화염을 사용하지 않아설까?

고오오오—

온몸으로 뻗어 나온 불의 이능력들이 억울하다는 듯 크게 넘실넘실댄다. 그 광경만으로도 위협적이었다.

—캬오오오!

—캬오……

기세등등하던 검수들의 기세마저도 한 꺼풀 꺾일 만큼 어마어마했다.

하지만 그런 광경을 보고도 이준성은 자신만만했다.

"이쪽이 더 많이 처리할 거라고!"

그로서는 생각지도 못한 미친 짓이 성공한 것. 수없이 많은 검을 조종하게 된 것에 대한 만족감에 잔뜩 신이 난 듯했다.

스아아아악— 스악—

그의 그런 기분을 대변하듯 새하얀 순백의 검들이.

—캬오오오!

검수들을 베기 시작한다.

한 방에 죽이지는 못해도, 몇 번이고 베어 들어가는 검에 검수들로서는 정신이 없을 지경!

이준성이 수십의 검으로 워낙 많은 검수들을 상대하고 있는지라, 김기환이 낄 틈은 없을 듯해 보일 지경이다.

이대로라면.

"처음으로 내 승리라고!"

누가 더 많이 잡나 내기를 하는 둘의 대결에서, 김기환이 아니라 이준성이 처음으로 이길 수도 있는 상황.

하지만 그런 상황에도 김기환의 미소는 상큼하기 그지없었다.

"흐흐. 과연 그럴까?"

따악—

그가 손을 튕긴다.

화아아악—

그때를 기다렸다는 듯 화염들이 움직이기 시작한다.

"엇?"

그런데 화염들이 움직이는 쪽은 검수들을 향해서가 아니었다. 전혀 다른 곳으로 화염들이 움직이기 시작했다.

수십으로 나누어진 화염들이 다가간 그곳은.

"아악! 내 거라고!"

검수들을 미친 듯이 베고 있는 이준성의 검을 향해서였다.

검에 화염이 깃든다.

이준성이 거부를 하니 검들도 거부를 하려고 했지만, 그들에게 거부권은 애당초 없었다!

순식간에 화염의 검이 만들어진다.

이준성과 김기환이 처음 만드는 합체, 아니 합격기였다!

"으흐흐. 내가 잡은 거다!"

"우와아아악! 시바!"

물론 이준성의 억울함은 덤이었다.

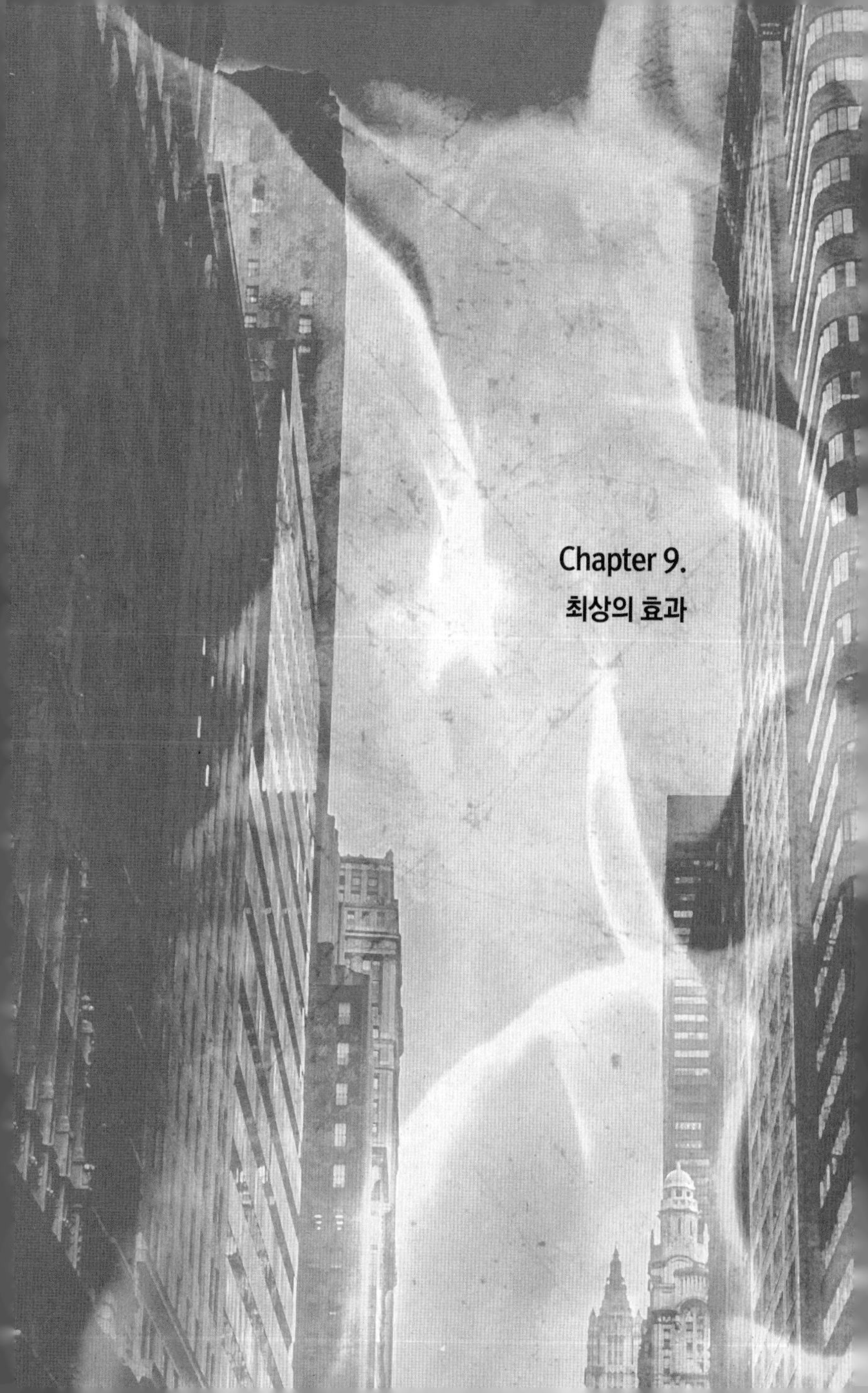

Chapter 9.

최상의 효과

“아아악! 억울하다고!”

“시끄럿. 흐흐. 길드장을 이기려고 한 거부터가 어불성설이다!”

“젠장할!”

이준성의 검. 여기에 내 화염을 두르는 것은 최상의 효과를 낳았다.

부르르르—

물론 가끔이지만 반항하는 검들도 있었다. 이준성의 편을 들듯 몸을 부르르 떨면서 화염을 떨구려고 하는 검들이 간간이 있었다.

하지만.

“쓰읍. 그러다 녹여버린다?”

끼이—

단박에 제압(?)이 됐다. 불로 녹여버리겠다는데, 감히 버틸 철이 어디 있겠는가. 과연 저 순백의 검날이 철로 만들어졌는지는 모르겠지만,

‘그래도 먹히니까.’

협박은 그런대로 잘 먹혔다.

다만 협박은 먹히지 않는 이준성이 문제긴 했다.

“내가 이걸 어떻게 지배했는데! 와나. 내가 이걸 어떻게 시도한 건데!”

“어허이, 이 검들 모으는 데 나도 꽤나 도움을 줬다고? 같이 좀 쓰자는데 왜 그래?”

“그건 그거고! 이건 이거지!”

어째 이준성은 꽤나 억울해했다.

이쪽으로서는 같이 검수들을 잡아서 모은 검인데, 이리도 억울해하니, 어째 이쪽으로서도 억울하기는 개뿔!

“흐흐. 길드원 게 길드장 거고, 길드장 거는 길드장 거다.”

“미친 논리! 그게 무슨 개소리야!”

“있어. 그런 게!”

더 신이 나서 이준성을 놀릴 뿐이었다.

물론 효과가 없었더라면 이쪽도 이런 미친 짓은 하지 않았을 거다. 그런데 효과가 아주 좋았다.

이준성이 검을 조종함으로써, 수십의 공격을 한 번에 할 수 있지 않은가.

화아아악—

거기에 내 화염을 더 불어넣는 것만으로도, 이준성의 검이 가지는 공격력이 순식간에 증폭이 된다.

그야말로 제대로 된 합격기였다.

"성능은 최고잖아?"

"젠장……."

"자아! 놀아 보자고! 다 질러!"

그 증거?

순식간에 검수들 수십이 있던 방 하나가 아작 났지 않나.

그것도 너무 깔끔하게 아작이 나서, 당황스러울 정도다. 물론 남은 전리품들은 전부 공간 장치에 들어갔다.

눈치로 보아하니 이준성으로서는 지금 지배하고 있는 검이 한계인 듯하니, 더 검을 꺼내 줄 필요도 없었다.

거기다 장점은 위력이 증가한 것만이 아니었다.

'힘을 크게 소모할 필요도 없다.'

그저 나는 검에 힘을 실어줬을 뿐인데도, 화염의 검은 계속 유지가 되고 어마어마한 위력을 만들어 줬다.

한번 화염이 깃들고 나서부터는, 힘의 소모도가 느껴지지가 않았다.

무슨 원리에선지는 아직 모르겠지만 아주 좋았다.

'숟가락 하나만 올려놨을 뿐인데…….'

이렇게 위력이 좋을 줄이야. 신나는 상황이다.

이참에 다른 길드원들과의 합격기도 생각해 놔야 하는 거 아닌가 싶을 정도였다.

이를테면 이서영의 철벽과 불막의 조합이라든가. 한서은이 휘두르는 단검에 내 이능력을 불어넣는다거나 하는 그런 것들.

'생각해 볼 게 많은데?'

검의 기교를 갈고 닦는 것도 갈고 닦는 거지만, 그런 것들도 꽤 재밌는 연구가 될 듯했다.

어쨌거나 그런 것은 나중.

합격기 덕분에 잠시 잊고 있는 듯하기는 했지만, 당장 해야 할 일은 분명히 있었다.

"자자. 그만 떼쓰고 어서 들어가자고. 이 시간에도 주은영이 뭔 짓을 할지 모른다고?"

"젠장……."

너무 맞는 말이어설까.

달리 반항을 하지 못하는 이준성이었다.

어렵사리(?) 그를 달래고서는 바로 걸음을 옮긴다. 쉴 시간도 없이.

구르르르르르릉—

거대한 문이 우리를 기다렸다는 듯 열리기 시작한다.

*　　*　　*

버프라도 받은 듯 거칠 것이 없었다.

"베어라! 이준성!"

"젠장!"

이준성이 검을 조종하면 숟가락만 얹으면 그뿐. 순식간에 방 여러 개를 스치고 지나갔다.

—캬오오오!

더 강한 것들이 달려들기는 했지만, 아직까지는 우리의 합격기(?)를 이길 만한 검수들이 나타나질 못했다.

얼마 전까지만 하더라도 상대하기에 귀찮은 검수들이었는데.

'쪼렙 몬스터 잡는 느낌이로군.'

게임에서 고레벨이 돼서, 저레벨의 몬스터를 잡는 그런 느낌이었다.

이건 완전 학살! 또 학살이었다!

뚜벅. 뚜벅.

우리 둘이 가는 길에는 오직 전진과.

쯔와아압—!

공간 장치에 쓸어 담은 전리품만이 있을 뿐이었다.

정말 거침없이 쓸어 담고 가고 있는지라, 이래도 되나 싶은 생각이 다 들 정도였다.

그렇게 얼마나 갔을까?

몇 개의 방을 지나고 우리의 걸음이 그제서야 멈춰 섰다.

*　　*　　*

거대한 문이 있었다.

지금까지의 문은 모두 거대한 철문이기는 했어도, 뚜렷한 문양이 있다거나 하지는 않았다.

그냥 평범한 철문이었다.

헌데 눈앞에 있는 건, 철문인 주제에 뭔가 새겨져 있었다.

안 그래도 거대한 철문인데, 내 몸보다 더 거대한 것이 있어선지 없던 위압감이 생겨나는 느낌이었다.

여기에는 운이철이 없었지만, 문 앞에 새겨져 있는 문양이 뭔지는 충분히 알 만했다.

'구미호인가…….'

꼬리 아홉 개 달린 여우.

서양에서는 모르겠지만 동양에서는 일본, 중국, 한국이고 할 것 없이 누구나 알 만한 요괴 혹은 요물.

그 여우가 또렷하게 새겨져 있었다.

장인이 와서 만든 것이기라도 한 것처럼, 생동감이 넘치기까지 했다.

철에 박힌 구미호가 우리를 바라보는 느낌은 몬스터와는 또 다르게 으스스했다.

그러니 자연스레 멈출 수밖에 없었다.

"저거 같지?"

"흠…… 그럴 거 같은데. 여기가 마지막인 거 같군."

지금까지는 헛소리(?)를 좀 했던 이준성이지만, 이제 와서는 그도 진지했다. 나도 마찬가지였다.

문 너머에 보스와 같은 것을 두고서 장난치고 놀 만큼 우리도 바보는 아니었다.

특히나 주은영, 그 여자를 잡아야 하는 상황에는 더더욱 그랬다.

근데 어째 진지한 가운데에도 이 한 마디는 슬쩍 할 수밖에 없었다.

"……주은영. 그 여자랑 딱 어울리지 않냐?"

주은영. 그녀의 별명은 암표범.

하지만 꼬리 아홉 달린 구미호라고 해도 전혀 위화감이 없었다.

나의 말에 이준성도 고개를 끄덕인다. 인정의 의미였다.

"그건 그렇네. 근데 걔도 어렸을 때는 안 그랬다고."

"친구라고 편 드냐?"

"뭐…… 지금은 친구라고 하기에는 너무 멀리 왔지. 우리 애들도 당했고. 그래서 마무리하러 온 거 아냐?"

"그야 그렇지……."

어째 씁쓸함이 감돈다.

'친구라…….'

정상수, 이준성, 주은영. 경기 서부에서 태어나 서로 다른 영역을 주름잡았던 자들 아니었나.

지금에야 내 덕분에 꼴이 이상하게 되기는 했지만, 고아로 자라 이 정도를 해낸 것만으로도 그들의 능력은 인정해 줄 만했다.

하지만 그 끝은 서로가 적이 되는 상황이라니.

'씁쓸하겠어.'

나로서는 이준성이 어떤 기분을 느낄지 상상도 가지 않는 느낌이었다.

멍한 눈으로 가만 구미호를 바라보던 이준성이 말한다.

"……아까는 내가 양보해 줬으니, 이번에는 네가 양보해 줄 수 있지?"

"흐음…… 일단은? 하지만 위험해지면 나설지도 몰라."

양보를 말했다.

나와 허경석이 결착을 지을 당시 아무런 상관도 하지 않았듯이, 주은영과 이준성의 결착에 내가 끼기를 바라지는 않는 듯했다.

하지만 위험하다면 정말 나설 거다.

이준성이 원망을 할지도 모르겠지만, 나는 원래 내 눈앞에서 내 사람 죽는 꼴은 못 보니까.

이준성도 그걸 아는 듯했다.

"그래. 그거면 돼. 그 빌어먹을 합격기도 써도 되고."

"호오? 드디어 인정하는 거냐? 이 합격기의 성능을?"

"……시끄러. 주은영이 무슨 짓을 벌일지를 모르니, 대비를 하는 거뿐이다. 거기다가."

"음?"

타이밍도 좋았다.

그르르르릉—

우리는 분명 문에 아무런 짓도 하지 않았는데, 문이 기다렸다는 듯이 홀로 열리기 시작한다.

철문이 내는 굉음이 어마어마했다.

"그 녀석. 우리가 준비할 시간도 안 준다는 거 같은데? 문 열리는 거 봐봐. 바로 오라는 거잖아?"

"……여우네. 여우야."

"그렇지."

이준성의 말대로였다.

이준성의 말대로 주은영은 우리가 힘을 비축할 시간은 줄 생각도 없는 듯했다.

검수들을 상대하느라, 힘이 빠져나간 그대로 우리가 들어오기를 원하는 것처럼.

힘이 빠지길 기다렸다가 초대를 하다니.

'꽤 하잖아?'

얍삽하다면 꽤 얍삽한 상황. 이런 얍삽한 방식은 나나 쓰는 건데, 되려 당해 보니 신선한 기분까지 들 정도였다.

나로서는 주은영이 초대를 하든 말든 안 들어갔겠지만,

"뭐해? 가자?"

"……그래. 그래. 가자고."

진지하기 그지없는 이준성으로서는 당장 달려갈 기세였다.

어쩌겠는가. 적어도 여기서 결착을 지어야 하는 건 내가 아닌 이준성이지 않은가.

앞장서는 그의 뒤를 이번에는 내가 따르기 시작했다.

*　　*　　*

잔뜩 기대를 하고 들어갔다.

당장 주은영이 이 던전 안에서 무얼 얻었을지에 대한 궁금함도 있었다.

가장 먼저 느껴지는 건.

'거대해…….'

어마어마한 거대함. 축구장보다도 더 큰 공동이 우리를 기다리고 있었다. 천장이 아득하니 높아서 닿기는커녕 끝까지 보려면 고개를 높이 쳐들어야 할 정도였다.

그런데 안에는 주은영이 아니라 다른 것이 가득했다.

'힘 빠지게!'

과연 그녀. 끝까지 더러웠달까.

"우와. 치사한 것들."

"……씁. 진짜 악질이네. 내 친구였지만."

검수. 오직 검수뿐이다!

어딜 봐도 검수들만이 가득했다!

지금까지 상대한 검수의 반 정도는 여기에 다시 데려온

느낌이었다.

'치사하네.'

전에도 확실히 느꼈지만, 이 여자 심각하게 치사하다.

잔뜩 힘을 빼 놓고도, 더 빼라는 뜻이 분명하지 않은가. 악의가 느껴지다 못해서, 아주 절절하게 흐르는 느낌이었다.

나와 이준성이 동시에 서로를 바라봤다.

"장단대로 놀아주는 건 별로지만…… 어쩌겠어?"

"처리해야지. 길드장 말대로 한번 제대로 놀아보자고!"

뜻이 통했다.

당장 우리 둘 모두 달려가기 시작했다. 목적지는 이 미치도록 큰 공동의 끝.

"주은영!!!!!!!!!!!!!"

이 모든 상황을 만들어낸 그녀를 향해서였다.

*　　*　　*

"오오……."

베고. 베고. 또 벤다.

물론. 이번에는 내가 아니었다.

화아아악—

나로서는 검에 화염의 힘을 더해 줄 뿐!

"……흡."

지금 상황의 결착을 위해서 달리는 건, 이번엔 내가 아닌 이준성 쪽이었다.

검으로 베고, 지르고, 휘두르는 것은 그였다.

—캬오오오!

"어딜!"

이쪽도 달려드는 검수들을 상대하고는 있지만, 어디까지나 주 무대는 이준성이 차지하고 있었다.

'이런 느낌도 신신한데.'

근래에 항상 선두를 지키고 있던 쪽은 나였다. 원맨쇼를 하듯이, 레이드를 벌이기도 한 것도 여러 번이었다.

항상 내가 나서야만 상황이 끝났다. 그게 당연하기도 했다.

하지만 지금은 아니지 않은가.

내가 아닌 다른 이가 주 무대를 차지하고, 그걸 가만 감상하는 것으로도 보는 맛이 분명 있었다.

거기다.

'재밌군. 이래서 무협지 같은 데서 이기어검이 대단하다 하는 건가.'

이기어검.

사람의 손이 아니라, 의지를 따라 움직이는 검을 흔히 이기어검이라고 하지 않나.

그게 뭐가 대단한 건가 싶었었다.

하지만 이건 직접 보니 상상 이상으로 대단했다.

살아 움직이는 검은 인간이 손에 쥐고 휘두르는 검과는 또 다른 묘미를 보였다.

검이란 건 인간이 사용하면, 제한이 있을 수밖에 없었다.

팔의 길이만큼만 휘두를 수 있다. 팔이 꺾일 수 있을 만큼만의 각도로만 검을 움직일 수 있게 된다.

그런데 날아다니는 검은 그런 게 없었다.

순간적으로 땅으로 푹하고 꺼졌다가, 하늘로 치솟는 것은 기본이었다.

손목의 각도로는 나올 수 없을 만큼, 심하게 꺾였다가 부채꼴을 그리면서 회전하기도 하는 건 전에 없던 보는 맛까지 안겨줬다.

뭐랄까.

'자유롭네…….'

손에서 벗어난 검이 그대로 춤을 추는 느낌이었다. 아주 자유롭게.

그리고 그 자유로운 검에는 살기와 함께, 나로부터 나온 강한 힘이 얹혀져 있었지 않나.

―캬오오오!

달려드는 검수들.

본능만으로도 깊이를 가진 검술을 휘두르는 검수들을 검들이 쉼 없이 베기 시작했다.

여기에서도 모자라.

"……한 번 더 도와주라고."

"얼마든지!"

이준성은 한 번 더 미친 짓을 했다.

고오오오오—

자신도 성장을 하고 있다는 듯, 이능력을 잔뜩 불러일으켰다.

그리곤 주인 잃은 검들에 자신의 이능력을 불어넣었다. 모두가 방금 전까지만 하더라도 검수들이 사용하던 검들이다.

부르르르르—

몇몇의 검들은 쉽게 이준성의 이능력을 받아들였다.

또 몇몇의 검들은 거절을 했다. 아주 완고하게.

어차피 검은 많았다.

거절하는 검을 억지로 지배하지 않았다. 대신 그를 받아들이는 검들을 자신의 것으로 지배하는 것만으로도 충분했다.

스으으으— 스으—

순식간에 이준성의 지배를 받은 검들이 늘어나기 시작한

다.

"하아……."

힘들다는 듯, 이준성이 크게 신음을 내뱉지만 그래도 충분히 힘들 가치가 있었다.

전보다 많은 검들이 이준성의 명을 받는다.

더 많은 검들이 떠올랐다.

"한번 놀아보라고!"

따악—

그에 발을 맞춰 손을 튕긴다.

화아아아악—

다시금 뿜어져 나온 화염들이 이준성이 새로 지배하기 시작한 검들에 깃든다. 남는 화염들? 그것들은 본래부터 날뛰던 검들에 더욱 힘을 보태어 줬다.

부르르—

처음에는 거절을 하던 검들이 화염을 받아들이자, 그 힘을 즐기듯 몸을 부르르 떤다.

'재밌네.'

우습게도 내가 조종하는 검이 아닌데도 감정이 전해질 정도다.

이준성의 말대로 마검일지도 몰랐다.

"한 방에 뚫어 보자고!"

스아아아아악—

더 많은 검들이 제대로 길을 뚫기 시작했다.

*　　*　　*

도달했다.

주은영의 목적은 우리의 힘을 잔뜩 빼는 거겠지만 이쪽으로서도 그리 만만치는 않았다.

별다른 소모도 없었다.

이준성이 지배한 새로운 검에 힘을 더 보태주는 것 이상으로는 달리 힘이 들어가지 않았을 정도다.

그 모든 검수들을 베었는데도 불구하고!

'발전한 건가.'

주은영에게 다가가면 다가갈수록 표정이 씁쓸해져 가는 이준성.

그리고 검에 관해서 재미를 한껏 느끼고 있던 나.

그렇게 우리와 그녀는 가까워졌다. 아니, 마주했다 표현함이 옳았다.

"오랜만이네?"

검수를 베는 우리의 위력을 봤을 텐데도 불구하고, 그녀는 여전히 여유로웠다.

'어쭈?'

가짜 여유로움이 아니었다.

내가 실제로 적들을 맞이할 때 가지는 여유로움과 비슷했다. 진심으로 여유로워하고 있는 게 느껴졌다.

거기다 재밌는 건.

'강해지면 외모도 변하는 건가.'

요물이 됐달까?

멀리서 봤을 때는 착각인가 싶었지만, 가까워지니 확실히 보였다.

그녀는 분명히 아름다워졌다.

매끈한 피부는 기본. 암표범이라고 불리던 그녀에게 어울리지 않는 짧은 옷 사이로 노출된 피부에서는 광채라도 나는 듯했다.

그 외에도 많은 것들이 달라졌다.

'……거참.'

원래 이쁘다는 이야기는 들었지만, 더 아름다워지려고 검수들이 있는 던전에 들어왔나 싶을 정도였다.

허나 역시 그건 착각이었다.

"꼬리?"

"우리가 잘못 보고 있는 게 아니라면 맞을걸?"

"……진짜 요물이 됐군."

그녀의 뒤로 꼬리가 나 있었다.

정확히 아홉 개. 황금색의 아름다운 털을 가진 꼬리들은 존재 자체만으로도 이쪽을 유혹하는 듯했다.

사람에게 꼬리라니. 처음 보는 광경이다.

구미호와 그녀가 합일을 한 걸까. 아니면 그녀가 구미호에 먹힌 걸까. 알 길은 없다.

다만.

고오오오오—

그녀로부터 나오는 기세가 보통이 아니라는 것만은 확실했다.

'나 정도…… 아니 좀 넘나?'

저 정도의 힘이라니. 보통의 힘이 아니었다.

저 정도 힘을 가지고 그녀가 여태 왜 밀렸는지 의문이 들 정도다. 결국 답은 하나다.

'여기서 얻은 힘이라는 거겠지.'

뭘 했는지 몰라도, 요물이 된 게 분명하다. 꼬리가 아홉. 구미호의 힘을 받았겠지.

어느 방법을 썼든 간에, 대단한 일이다.

하지만 긴장은 되지 않았다.

"후후."

자기 딴에는 분위기까지 잡는다.

하지만 이쪽에서는 긴장이 생기려야 생길 수가 없었다. 그녀가 가진 힘의 종류 때문!

"내 앞에서 왜 하필 불을 골랐대?"

"……그러게?"

"바본가……."

그녀가 지닌 힘의 종류는 불이었다!

이제 와서 불이라니. 여태까지 검수를 처리하고, 긴장을 했던 게 어이가 없을 정도였다.

하룻강아지가 범 무서운 줄 모르고, 어딜 내 앞에서 불인가!

'어이가 없네.'

진심이다. 나도 모르게 비웃음이 비집어 나올 정도였다.

그래도 안심은 했다. 어차피 불이라면 어지간한 일은 이쪽에서 커버가 가능했다.

그렇기에 자신감 있게 외쳤다. 아주 오랜만에!

"가라 준성몬. 가서 처리를 하고 와!"

"……개소리! 여튼 간다!"

* * *

이준성이 한 손에 검을 쥐고 달린다.

그의 곁으로 그를 호위하듯 수많은 검들이 따른다.

검 하나하나에 그의 의지가 깃들어 있는 듯, 각자의 움직임이 달랐다. 검이라지만 각기 개성이 있었다.

그러면서도 묘하게 규칙성이 있었다.

'부조화 속의 조화라…….'

신기한 장면이었다.

화아아아악—

기다렸다는 듯 주은영이 피워 올린 불꽃을 이준성에게 날린다.

대번에 큰 힘을 날리는 것이, 거리를 좁혀오는 이준성을 막으려는 의도가 훤히 보일 정도였다.

'나쁘지 않은 수.'

원거리 공격으로 거리를 만들어내고는, 그 거리를 유지하면서 이준성을 상대하려는 기색이었다.

근거리에서는 이준성이 유리하다는 걸 아는 거다.

하지만 이준성도 만만치 않았다.

"하아앗!"

기합을 한 번 내뱉더니, 자신을 호위하던 검을 쏘아 보냈다. 열 자루 정도의 검이 기세 좋게 날아간다.

쎄에에엥!

그가 날린 검들이 바람개비라도 되는 듯 빠르게 돌기 시작한다.

'검막?'

열 개의 검막이 순식간에 만들어진다.

무려 열 개의 검막. 그 정도면 주은영의 공격을 충분히 막고도 남을 정도다 싶었다.

쿠우우웅!

주은영이 날린 화마와 이준성의 검막이 순식간에 부딪친다.

거대한 화마의 기운에 기세가 죽을 법도 하건만, 이준성의 검막은 잘도 화염을 막아댔다.

문제는.

"이런……."

이쪽으로 날아드는 화염들.

이준성 이 자식.

내가 화염에는 내성이 있는 걸 알아서 그런 건지, 자기에게 날아드는 것만 막아댔다. 일부러 그런 게 분명하다.

하지만 당황할 건 없었다. 화염 아닌가? 그것도 아주 맛있는 화염!

'잘 먹겠습니다!'

손을 들어서 다가오는 화염을 환영했다. 의지를 일으켜

서, 화염들이 내 손으로 들어오도록 유도했다.

오랜만에 공짜 포식을 하는가 생각했는데.

“어?”

뭔가 이상했다.

쓰아아아악—

화염들이 나를 덮쳐왔다. 내가 원해서 덮쳐오는 게 아니었다. 내 의지를 따르는 게 아니었다. 이건.

‘주은영?’

그녀의 의지였다.

그녀와 나의 눈이 마주친다. 그녀의 표정은 분명 웃고 있었다. 지금 상황을 의도한 게 분명하다.

나로서는 당황을 할 수밖에 없었다.

‘말도 안 되는…….’

나는 포식자였다.

어떤 화염이든, 설사 히드라, 이프리트의 화염이라고 하더라도 결국 내 먹이가 되지 않았나.

그런데 고작해야 구미호의 화염이.

‘내 말을 안 듣는다고?’

어이가 없을 지경이었다. 말이 안 되는 상황에 정신이 아득해질 정도였다. 상상도 할 수 없는 일이 벌어졌다.

하지만 그렇다 해서 멈춰 있지만은 않았다.

"막아."

화아아악—

화염을 흡수하려 뻗었던 손에서 되려 화염이 튀어 나왔다. 단전에 있던 화염이었다. 순식간에 불의 막이 형성되고.

콰아아앙!

주은영이 날린 화염과 나의 화염이 부딪친다.

그 사이.

"하아압!"

이준성은 검을 세우고서는 주은영을 찌르고 들어가고 있었다. 수없이 많은 검들이 일렬로 날아들며 그녀를 찔러들어 가고 있었다.

"소용 없다구."

하지만 그녀는 여유로운 몸짓으로 화염을 조종하여, 검을 막을 뿐이었다.

아주 쉽게 막혔다.

단 한 수였지만, 누가 보더라도 이준성보다는 주은영이 우위인 느낌이었다.

거기다 동시에 나까지 상대하고 있지 않은가?

분명 대단한 힘이었다!

하지만.

'뭔가 이상한데?'

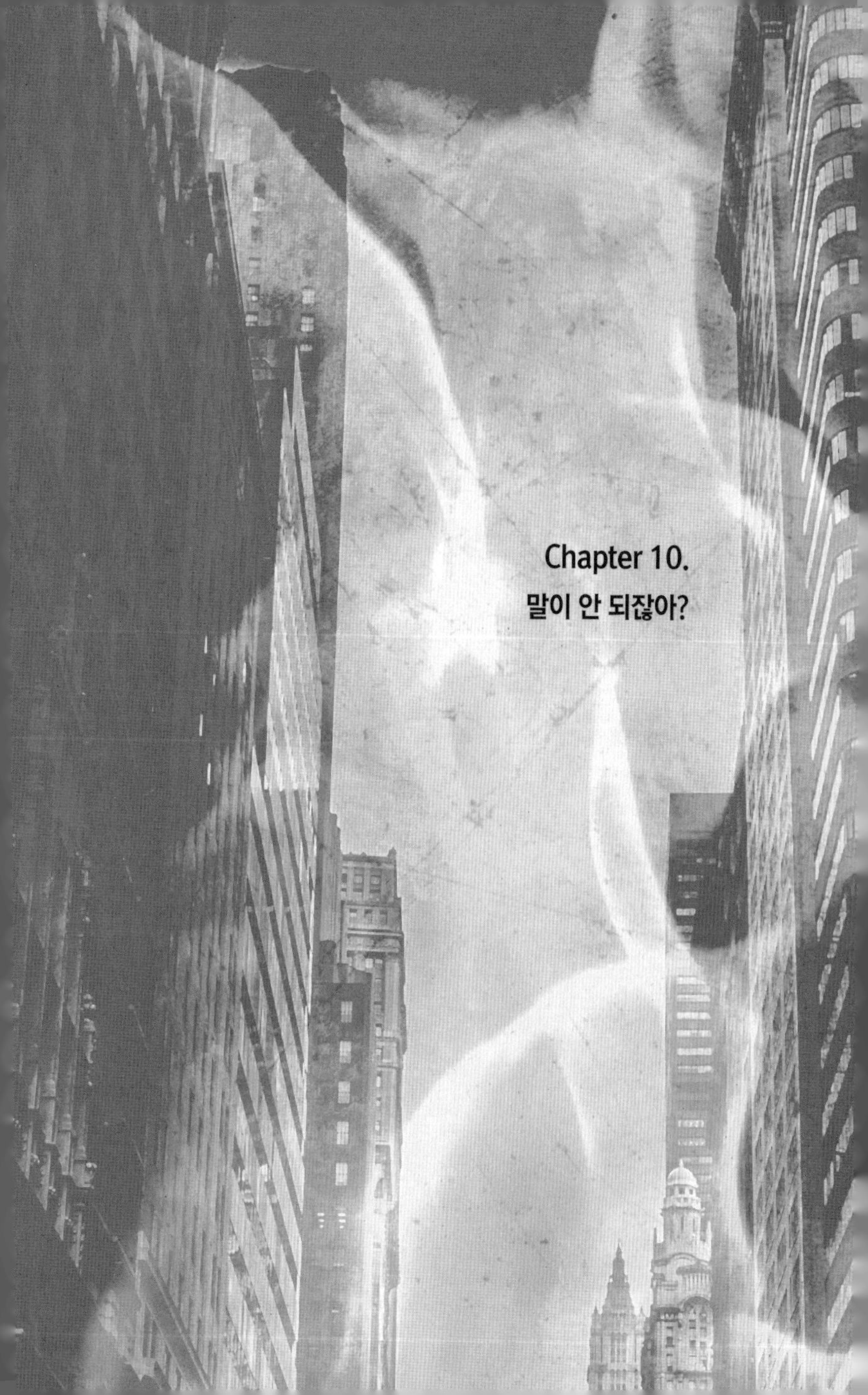

Chapter 10.

말이 안 되잖아?

'확실히…….'

이상했다. 불이 내 말을 듣지 않는다는 게 웃기지 않은가?

지금까지 내가 쌓은 이능력이 전부 부정되는 것이나 다름없는 일이었다. 뭔가 잘못되어 가고 있다.

그러면서도 동시에 지금까지 쌓아 놓은 육감이 말해 주는 게 있었다.

뭔가 이상하다고.

내가 날린 불의 힘이 이럴 리가 없다고. 알려주는 느낌이었다.

'근거 따위는 하나도 없지만…….'

아무런 증거도 없지만, 확실했다.

저건 불이 아니다.

내 이능력이 잘못됐을 리는 없으니, 저게 잘못된 거다. 그럼 대체 뭘까?

"눈이 삔 건 아니고."

화아아아악—

내 눈앞에서는 여전히 내가 생성한 불막과 주은영이 날린 불이 싸움을 벌이고 있었다.

내 쪽의 불은 막으려고 하고, 주은영 쪽의 불길은 계속해서 지치지도 않고 화력을 쏟아붓고 있었다.

이준성 쪽은?

"……읏."

밀리고 있었다. 계속해서 일정 거리를 유지하면서 불을 날리는 주은영에 제대로 말려들고 있었다.

게다가.

"어쭈?"

금방 주은영은 한 술 더 뜨기 시작했다.

—끼야아아악!

주은영의 불길이 갑작스레 살아 있는 생물처럼 움직이기 시작했다.

그냥 불길이 아니라 몬스터라도 된 듯 움직이기 시작하는데, 오래전 상대했던 라바가 떠오르는 느낌이었다. 그도 아니면 이프리트거나.

후아아악!

살아 움직이는 불들이 이준성의 뒤를 노린다.

"조심하라고!"

화악—

이준성의 검에 깃들던 불을 순간적으로 조종했다.

검에 깃든 불을 떼어서, 이준성의 뒤를 노리던 불생물체들에게 던졌다.

후우웅—

명중!

—끼야아아악!

분명 확실하게 명중을 시켰다. 그런데? 몬스터들의 상태가?

꿀꺽.

"미친? 흡수를 해?"

내가 흡수를 하는 게 아니라, 주은영 쪽의 불이 내 불을 흡수했다.

어이가 없는 상황!

내가 불을 흡수하지 못하는 것도 이상한데, 역으로 내 불을 꿀꺽하고 삼킬 줄이야!

내 시야에서 내가 날렸던 불길이 완전히 사라졌다.

말도 안 나오는 상황이었다.

*　　*　　*

시간은 계속 흘러갔다.

"이리 오라고!"

"후후. 갈 리가 없잖아?"

주은영은 치고 빠지고.

―끼야아악!

살아 움직이는 불길들은 이준성으로도 모자라 나를 노리기 시작했다.

후오오옹―

불막을 때리고 있는 불길들은 지치지도 않는지 계속해서 불막을 공격하고 있었다.

근데 아무리 봐도.

"어째 힘의 소모도가 낮은데……."

이쯤 되면, 나도 힘이 빠져야 할 상황이었다.

눈으로 보라.

불의 폭풍이라도 되는 듯 어마어마한 불길이 공동 내부

를 뒤덮은 지 오래다.

불로 만들어진 몬스터들도 미친 듯이 공격을 하고 있는 상태다.

겉으로만 봐도 어마어마한 위력이다.

그걸 열심히 막고 있었다. 이준성 쪽은 날뛰면서 상대하고 있었고. 그런데.

'이능력 소모도가 낮아.'

어째 버틸 만하다. 심리적으로는 압박이 되는데, 버틸 만했다. 그게 웃겼다.

게다가.

"주은영 따위한테…… 이런 힘을 줄 리가 없지."

헌터 관리원이나 거대 길드에서 이 좋은 힘을 줄 리가 없지 않은가?

그 탐욕의 덩어리들이, 단숨에 나나 이준성을 상대할 만한 힘을 주은영에게 준다고?

좋은 건 지들이 가질 놈들이 거대 길드 놈들이다.

한 술 더 떠서 남 좋은 거 있으면 뺏어서 자기가 가지려고 들 게 거대길드들이라 이 말이다.

그런데 주은영을 뭘 믿고 힘을 주나?

거기에 맹점이 있었다.

"너어!"

내 말을 들은 건지, 주은영의 불길이 더 어마어마해진다. 한계도 없다는 듯이!

하지만.

'힘 소모도는 여전해.'

아무리 강한 화염이 내 시야를 전부 뒤덮든 말든 간에, 버틸 만하다는 게 중요했다.

하기는.

"구미호가…… 애당초 불에 관련되어 있는 것도 웃기잖아?"

여기가 무슨 어딘가의 졸렬한 나뭇잎 마을도 아니고 말이야. 나뭇잎 공격대는 있어도 마을 따위는 없다고?

산해경에 옹이 본디 불을 사용한다고 나온다면, 본래 구미호는.

"……네가 쓰는 건 미혹이잖아? 그렇지? 진짜가 아니야."

사람을 홀리는 요괴.

미혹. 매혹. 세뇌…… 표현할 건 많지만, 중요한 건 본신의 힘이 강한 게 아니라 눈을 홀리는 삿된 존재라는 게 중요했다.

"……."

처음으로 주은영의 미소가 깨졌다.

그것으로도 대답은 충분히 됐다.

'모두 설명돼.'

그것 하나로도 모두 설명이 됐다. 내 불이 먹히지 않는 것. 나의 불을 고작해야 몬스터 따위가 흡수한 것도 전부!

그러니.

"그만 깨자."

화아아아아악—

불의 막을 좀 더 강화시켰다.

어마어마한 불길이 일어난다. 그 불길이 불막에 들어가 막을 더욱 크게 키우기 시작한다.

몇 번이고 계속해서.

치이이익.

압착되고 압착된 불막이 이제는 아예 끓는 용암이라도 되는 듯 농밀한 밀도를 보이는 그 순간.

화아아악—

힘을 비축했던 새가 날아오르듯 갑작스레 부풀어 오르기 시작했다.

공동을 다 뒤덮을 만큼!

*　　*　　*

"우와아아아악!"

깜짝 놀란 이준성이 불길에 당황했지만 상관은 없었다.

"쫄지 마. 안 당한다고."

나의 의지를 따르는 불꽃이다. 아군을 공격할 리가 없지 않은가.

대신 적에게는 확실한 공격이 됐다.

공동을 모든 화염이 뒤덮고.

따악—

내가 손을 튕기자 기다렸다는 듯 폭음들이 이어지기 시작한다. 그야말로 대폭발!

주은영이 날렸던 불꽃도, 몬스터도, 검수들의 사체도 전부 함께 말려들어 간다.

그 순간.

파즉— 파즈즈즈즉—

유리 깨지는 소리가 나기 시작했다. 이곳을 뒤덮고 있던 그 무언가가 깨지는 소리가 확연히 들려왔다.

*　　*　　*

환상이 깨졌다.

모든 게 사라졌다. 전부 다. 불의 힘 따위는 처음부터 없었다. 그 넓었던 공동도 조금은 줄어들었다.

그리고 드러난 모습은.

"……완전히 몬스터가 됐군."

허무한 듯 말하는 이준성의 목소리처럼.

"미친."

완전히 모습을 드러낸 주은영의 본체였다.

* * *

아홉 개의 꼬리조차도 거짓이었다.

하기는 아홉은 완성된 구미호를 뜻하는 의미. 그녀에게 아홉 개의 꼬리가 주어지는 것도 우스운 일이었다.

대신 그 본체는 어마어마하게 컸다.

꼬리의 수는 여덟 개로 줄어들었지만, 본체의 크기는 전에 상대했던 이프리트만 했다.

여우처럼 온몸에는 털이 나 있었고. 주은영의 흔적이라고는.

"얼굴 하나네."

여우의 얼굴이 있어야 할 자리에 있는 주은영의 얼굴뿐이었다.

대체 뭘 얻으려고 저렇게까지 변한 건지.

"추하잖아 너?"

—시끄럽다!

인간이길 포기하고 괴수가 될 필요까지 있었을까.

'……모르겠는데.'

나로서는 모를 일이었다.

어쨌든 이조차도 주은영의 선택이었다. 괴수가 되는 선택이라니. 참 시답지도 않은 선택이다.

그리고 이쪽의 선택은.

"이제부터 제대로 된 싸움이겠군."

"그런 거지. 어서 처리하고 오라고."

"간다."

인간이길 포기한 주은영과의 진짜 싸움이었다.

* * *

후오오오—

꼬리에서 사특한 기운들이 흘러나오기 시작한다.

때로는.

"……사기 치고 앉았네."

미혹의 힘이 날아들어 우리를 유혹했다.

결착을 지었던 허경석을 죽이는 환상이 나온다.

푸욱.

그를 찔러버리는 환상은 진짜와 비슷해서, 나도 모르게 손에 땀을 쥘 정도였다.

헌터 관리원을 폭파시켜 버리는 환상은 전에 없던 환희를 줬다.

'진짜였음 좋겠군.'

원하는 모든 일이 풀리는 그런 기쁨을 줬다. 하지만 이미 현실이 아님을 안다. 이건 나중에 벌어질 일이다. 지금은 아녔다.

"그만하지요."

운이철이 나를 배신하는 환상. 그가 칼을 들이밀고 내게 덤벼 드는 환상은 꽤 타격이 컸다.

그리고 이어진 환상은.

"어머? 오늘은……."

이서영이 그런…….

"크흣."

아, 이건 타격이 좀 있었다.

갑작스럽게 이런 환상을 보여줄 줄이야.

본래부터 왕을 매혹해서 쥐락펴락했다거나 하는 이야기는 들었었지만. 이서영의 그런…… 것은 역시 타격이 어마어마했다.

마음 같아서는 더라고 말하고 싶었지만!

'……그럴 리가 없잖아.'

실제로 일어나면 고마울 그런 일이 일어날 리가 있겠는가. 말도 안 되는 매혹이다!

나는 다그치듯 외쳤다.

"고, 고맙지만 여기까지라고. 어서 안 끝내?!"

"안 그래도 준비하고 있었다고! 하압!"

말이 끝나자마자 이준성이 다시금 검과 함께 달려든다. 이번에도 화염이 잔뜩 어려 있었다.

—어딜!

다시금 꼬리를 휘두른다.

그녀가 꼬리를 움직일 때마다, 이준성이 움찔거리는 게 보인다. 환상을 보는 중인 거겠지.

"크흐……."

가까워질수록 환상이 강해지는지, 이준성이 크게 신음을 내지르기 시작한다.

하지만 점차 거리는 가까워지기 시작했다. 이준성이 환상을 이겨내고 있었다.

'대체 뭘 보는 걸까.'

가까워질수록 고통스러워한다.

—안 돼! 안 된다고!

반대로 구미호가 된 주은영 쪽은 가까워져 갈수록 당황을 한다.

매혹의 힘.

그 외에는 달리 얻은 게 없는 듯, 끊임없이 꼬리를 휘둘러보지만 헛된 몸짓일 뿐.

"……."

눈까지 시뻘게져서는 검들의 호위를 받으며 다가가는 이준성의 기세는 맹렬했다.

그리고 어느덧.

십 미터. 오 미터. 일 미터.

그와 구미호의 거리는 이제 거의 영에 수렴했다.

검만 휘두르면 될 상황. 매혹의 힘만이 남은 듯 보이는, 구미호에게는 그 한 방이 어마어마한 타격이 될 거다.

분명 그 한 방이면 될 건데.

"……."

이준성은 망설이고 있었다. 검을 휘두르지 못하고 있었

다.

—안 돼. 안 된다고! 이대로는!

팔을 휘저으며 이준성을 어떻게든 해하려 하는 주은영과는 확실히 대비되는 모습이었다.

—죄, 죄송합니다! 그러니…… 더…… 더……

미친 듯 어딘가를 향해 비는 주은영.

점차 추해져 가는 주은영을 바라보는 이준성의 표정은 그리 좋지 못했다.

짧지만 긴 침묵이 어울리는 그 상황에서. 이준성은.

"이제 그만하자."

푸우욱—

결국 결정을 내렸다. 그녀의 가슴을 이준성의 새하얀 검이 관통했다.

—아…… 아아아……

고통스러워하는 주은영. 모든 꼬리가 힘이 빠진 듯 추욱 처지기 시작했다.

* * *

주은영의 몸이 부들부들 떨린다.

단 한 번의 찔림에 쓰러질 줄이야.

매혹을 제외하고 다른 능력은 일반인 수준으로 떨어졌을지도 모르겠다는 생각이 문뜩 들었다.

특히나 방어력이 떨어졌을지도 모른다.

그러면 이해가 갔다. 주은영이 미친 듯이 거리를 만들어 가면서 전투를 진행하던 것도. 매혹을 사용해서 우리를 처리하려던 것도. 전부.

'그래서 미친 듯이 도망쳤을지도 모르지.'

매혹은 분명 우리를 속일 정도로 뛰어난 능력이기는 했다.

그래도 단점들을 생각하면 역시 한계가 있는 능력이었다.

그녀를 암표범이라 불리게 한 이능력은 쓰지도 못하고, 자신이 가지고자 했던 조직원들도 제물로 바치다시피 해서 얻은 게 매혹이라니.

'잘못된 선택이야.'

아무리 봐도 좋은 선택은 아니었다.

하기는 선택을 했던 주은영도 이렇게 될 줄은 몰랐을 거다. 그녀는 악했을지언정 바보는 아니었으니까.

문제는 상대가 더 똑똑했다는 것.

'결국 모든 건 먹고 먹히는 거니까.'

주은영에게 매혹의 능력을 준 이가 주은영보다 더 똑똑

했다는 게 문제였던 거다.

그가 누군지는 몰라도, 주은영을 잘못된 선택으로 이끌었을 거다.

그 결과가 주은영 자신의 죽음.

* * *

"……."

—아아…….

한참을 신음하던 그녀의 눈에서 붉은빛이 사라진다.

순간적으로 정상적인 눈빛으로 돌아온다. 야성의 눈이 아닌 인간의 눈을 가진다.

화아아악—

그녀의 꼬리도 마찬가지였다.

모든 것의 종료를 선언하듯 축 늘어졌던 꼬리는 그녀에게서 점차 신기루처럼 사라져 갔다.

조금씩. 조금씩.

얼마 남지 않은 그녀의 죽음을 표현하는 듯, 아주 천천히 희미하게 사라져 간다.

"……졌네."

육성이 흘러나온다. 깊은 울림이 아닌, 사람의 성대로 나오는 육성이.

"……."

그런 그녀를 이준성은 가만 바라본다. 아무런 말도 하지 않고. 그게 마음에 들지 않는 건지,

그녀는 작게 신음을 하면서도.

"……그렇게 보지 마. 너답지 않으니까."

작게 잔소리를 한다.

마치 연인이었던 것처럼. 아니, 연인이란 표현은 맞지 않을지도 몰랐다. 오랜 친구라는 말이 맞겠지. 그래도 둘은 그만큼 애틋했다.

"……시끄러. 멍청아."

"푸훗. 어렸을 때랑 똑같네."

"……시끄럽다. 다 죽어가는 주제에……. 대체 왜 그랬어? 차라리…… 차라리……."

그제서야 이준성이 약간은 울먹인다.

'제길…….'

그걸 바라보는 나로서는 마음에 들지 않는 광경이었다.

아무리 그녀가 악인이더라도. 자신의 선택으로 악인이 되었다고 하더라도. 그리 보기 좋은 광경은 아니었다.

적이었지만. 어차피 누군가 하나는 죽고 끝났겠지만, 우습게도 그랬다.

이쪽이 승자기에. 패한 쪽이 아닌 이긴 쪽이기에 가질 수 있는 씁쓸함일지도 몰랐다.

내가 씁쓸해하든 말든 둘은 작게 대화를 이어갔다.

"처음에…… 처음에…… 이능력을 가졌을 때. 내가 변하지 않았으면 셋이 쭉 함께였을까?"

"그랬겠지."

"푸훗. 하기는 너는 그랬을 거야."

그녀의 꼬리가 완전히 희미해져 간다. 거의 다 사라지고 있었다. 죽을 시간이 다가오고 있었다.

하지만 둘 중 누구도 호들갑을 떨지 않았다.

그녀를 보내야 하는 이준성도, 이제는 죽음이라는 고개에 가까워져 가는 주은영도 서로를 바라볼 뿐이었다.

"……이런 말 하긴 그렇지만……."

"뭐…… 마지막 부탁이면 들어줄 테니까 말해 봐."

"부탁 같은 거 아냐. 큿…… 이래 봬도 나 주은영이라고…… 얌전히 들어."

이준성에게 주은영이 작게 무언가를 속삭인다.

'……그런 건가.'

그녀의 선택에 대한 짤막한 이야기. 그녀가 남긴 것들.

그리고.

"……정상수도……."

이준성을 제외하고 남은 하나. 천정의 정상수도 같은 선택을 했을지도, 아니 선택을 강요당했을지도 모른다는 이야기를 남기고서는.

"하아……."

완전히 꼬리가 사라졌다.

모든 꼬리가 전부. 하나도 남기지 않고, 산산이 사라지고 남은 그녀의 모습은 평온해 보일 정도였다.

깊은 숨을 남긴다. 아주 깊은 숨을.

그리곤.

"이왕이면 이기라구……."

그녀다운 말을 남기고서는 완전히 사라져 간다.

이준성의 품에 있던 그녀의 몸마저 완전히 사라지기 시작한다. 산산이. 가루가 되어 간다.

발끝에서부터 조금씩, 조금씩 위로 올라오며 사라져 간다. 아주 완전히.

그때.

"어?"

"뭐야?"

이변이 일어나기 시작했다.

우우우웅―

그녀의 가슴에 박혀 있던 검. 혹시라도 뽑게 되면 그녀의 마지막이 더욱 가까워질까 그대로 두었던 검이 공명하듯 웅웅대기 시작한다.

그녀가 옅어져 가면 옅어져 갈수록.

우우우웅!

검의 공명은 더욱 커져 갔다. 아예 검의 본체가 덜덜 떨릴 정도로 공명은 더욱 강해졌다.

그리곤.

"대체?"

"……흡수냐."

그녀로부터 흩어져 나온 그 모든 것들. 그녀의 흔적들을 전부 빨아들이기 시작했다.

동시에 그의 주변으로 흩어져 있던 그의 검들조차도, 그녀의 가슴에 있는 검을 향해서 쏘아져 나아갔다.

검과 검이 맞닿기 시작한다.

"하……."

검이 서로 맞닿는데도 소음 따위는 전혀 생기지 않았다.

스르륵—하며 녹아들듯 주은영을 찌른 검 안으로 흡수될 뿐이었다.

마치 그 검이 본체인 것처럼.

그 모든 검들이 녹아들어 갔다. 이준성이 지배했던 그 모든 검들이 전부!

족히 수십 자루가 흡수가 됐다.

아직도 많은 검들이 남았지만, 수십 개의 검이 하나의 검 안으로 흡수되는 그 장면은 하나의 경이(驚異)였다.

우우우웅—

볼수록 그 정체가 궁금한 검은, 자신의 할 일은 다 했다는 듯 마지막 떨림을 남기고서는 푹하고 땅에 박혔다.

안 그래도 하얗던 검날은 이제는 더욱 하얗게 변해서, 시리도록 투명하게 보일 정도였다.

만져 보지 않아도 알 수 있을 정도였다. 저 검은 전보다 강해졌다. 느껴지는 힘의 강도가 달랐다.

변화했다.

'대체 철인 그 사람은 어디서 주운 거야.'

이제 와서 저 검의 정체가 뭔지, 더 궁금해질 정도다.

검을 흡수하는, 또한 몬스터로부터 무언가 흡수해 내는 검이라니. 상상도 못 한 검이었다.

"……."

이준성이 그 검을 한참이고 복잡한 눈으로 바라본다.

"……가자고. 여기는 다 끝난 거 같은데."

"괜찮냐?"

"괜찮지 그럼. 안 괜찮을 리가 있나. 어차피 이것도 그 멍청이의 선택이라고."

"……그렇긴 하다만."

"이제 와서 서로 화해하고 짝짜꿍하기에는 너무 멀리 왔잖아? 차라리 이게 깔끔할지도 몰라. 우리 같은 녀석들에게는."

우리 같은 녀석들이라. 어려서부터 함께해 왔던 그들만이 알 수 있는 어떤 '감성'이 있을 게 분명하다.

그들끼리는 이런 끝이 좋은 끝일지도 몰랐다.

물론 그녀가 남긴 마지막 말들 덕분에.

'아직 풀어야 할 건 산더미지.'

궁금한 것이 더욱 많아지긴 했다.

하지만 그것들을 해결하는 것은 어차피 나중이다. 어차피 하나씩 퍼즐을 풀어가다 보면 풀려나갈 퍼즐의 조각들일 뿐이었다.

우선은 여기서부터 끝내는 게 중요하지 않겠는가.

우우우웅—

우리가 모든 채비를 하자 기다렸다는 듯 거대한 공명음이 들리기 시작한다.

게이트가 천천히 모습을 드러냈다.

'파랗군.'

아까는 피를 머금은 듯한 시뻘건 색이었더라면, 지금은

모든 상황의 종료를 알리듯 시원한 파란색이었다.

끝을 알리는 게이트였다.

그 게이트를 바라보자, 많고 많은 페이지 중에서 하나의 페이지가 제대로 마무리되었음을 실감했다.

'가봐야겠지.'

서부로 진출할 때부터, 아니 그 이전 내가 해구마를 잡던 초보 시절에서부터 엮었던 악연이 하나 사라졌다.

"……."

"……."

이준성과 나 모두 미리 짜기라도 한 듯, 서로를 바라봤다.

둘 다 아무런 말도 하지 않았다.

다만 뭔가 통하는 감정 같은 것은 있었다.

둘이 전투를 함께 진행해서 그럴지도, 아니면 주은영이라는 큰일을 한 번 겪어서 그럴지도 모르겠다.

복잡하지만 무슨 감정인지는 확실히 알았다.

'우정일지도…….'

우정이 아니더라도, 혹은 비록 복잡하게 얽히기는 했지만 앞으로 같은 길을 걷게 될 동료에 대한 감정일지도 몰랐다.

'얻은 건가.'

제대로 된 사람 하나를 얻은 기분이었다.

어쩌면 이 던전에서 가장 많은 걸 얻은 건 나일지도 몰랐다.

새하얀 마검들. 주은영의 잔해. 그 모든 것을 이준성이 얻었을지 몰라도, 나는 그런 이준성을 얻어냈으니까.

“가자.”

먼저 첫걸음을 옮겼다. 그 뒤를 이준성이 바로 따라오는 것이 느껴졌다.

* * *

“헐?”

나와 보니 상태는 막장이었다.

안 그래도 막장인 광경이었지만, 이건 좀 너무했다.

피는 어디로 갔는지 전부 사라지고. 그 위에 있는 시체들은 여전했다. 그리고 그 위에는 또 다른 것들이 쌓여 있었다.

“다 죽인 겁니까?”

“설마요. 말로는 안 돼서 제압했을 뿐입니다.”

사람들이 쌓여 있었다. 장비로 보아하니 누가 봐도 헌터들이었다. 그런 자들이 수십이었다.

거기다 그게 끝이 아니었다.

"저게 뭐야!"

"엇?!"

쌓여 있는 헌터들보다 더욱 많은 헌터들이 운이철과 대치 상태에 있었다.

그들은 운이철을 무슨 괴물 보듯 보고 있었다. 하기는 저 헌터들을 전부 운이철 홀로 상대했다면, 그리 보는 것도 무리는 아니었다.

'하여간에 괴물.'

나도 성장이 빠르지만 운이철의 성장 속도도 대단했다.

뛰는 나 위에 나는 운이철 같은 느낌이었다. 이런 말을 해 봤자 항상 그는 내가 더 괴물이라고 하지만 말이다.

"잘 해결하고 오신 거지요?"

"제대로 하고 왔죠. 근데 여기는 영…… 끝날 상태가 아닌 거 같은데요?"

"저쪽이 질기더군요."

"……흐음."

항상 일을 크게 벌이는 건 내 쪽이었는데, 이번에는 운이철이라니. 아주 신선한 기분이었다.

'어째 일이 커진 거 같기는 한데…….'

하필 이럴 때에 헌터들과 엮이다니. 잘못 처리하면 생각보다 일이 커질 수도 있었다.

'뭐 상관없으려나.'

하기는 언젠가는 부딪쳐야 할 곳이었다. 다만 그게 조금 빨라졌을지도 모를 뿐.

우리가 여유를 부리든 말든, 상대들은 부산스러워졌다.

"……어서 연락해. 어서!"

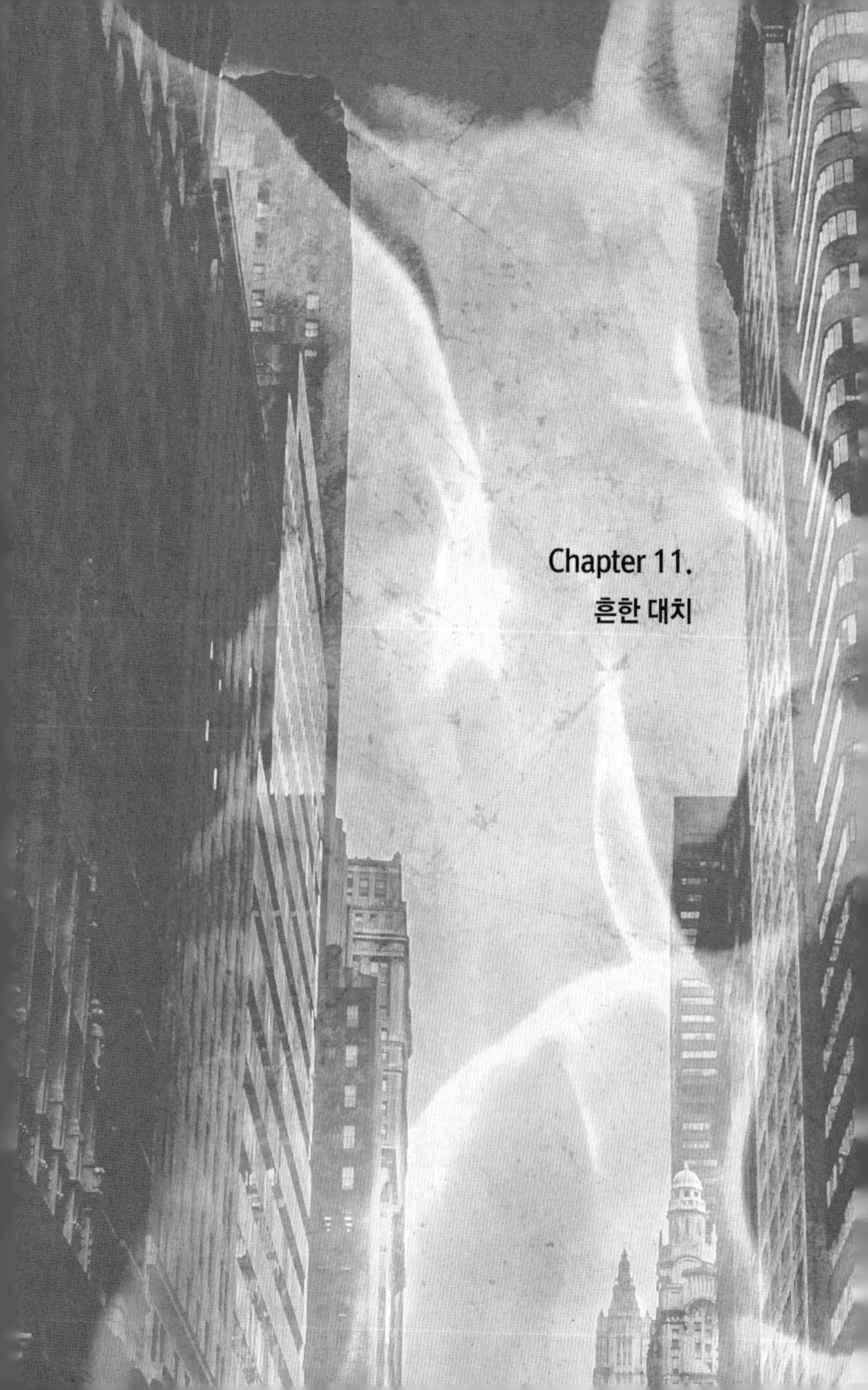

Chapter 11.
흔한 대치

대치는 꽤 길게 이어졌다.

"몇 시간째입니까?"

"두 분이 들어가고 나서부터 기다렸다는 듯 들이닥쳤으니…… 여덟 시간쯤 돼 가는군요."

"길군요. 그래도 안에서보다는 짧지만."

"그 안은 시간이 이상하게 가니까요. 저쪽도 꽤 작정했을지도 모르죠."

우리가 검수들을 상대하고 왔던 때부터라고 한다면,

'수작질하고는.'

하나는 확실하다.

저쪽은 이곳에 관한 정보를 미리부터 가지고 있었을 거다. 적어도 주은영에 관련해서는.

그러니 일이 터지자마자 이곳에 올 수 있었을 거다. 그렇지 않고서야, 그렇게 빠르게 움직일 수 있을 리가 없었다.

관리원 직원뿐만 아니고, 헌터들까지 장비시키고 데려오려면 사전에 계획을 짜놓지 않고서야 불가능하다.

'독박일지도 모르겠는데.'

어쩌면 저들이 짜놓은 함정에 빠진 걸지도 몰랐다.

하기는 무슨 상관이랴.

이제 와서는 주은영도 처리를 했겠다. 적어도 서부 지역에서는 우릴 건드릴 만한 자들은 천정 하나 남았다.

그 잘난 천정의 뒤에 있는 제니스야 아직 이곳에 본진 들고 오는 상황도 아니다.

남은 건 관리원 하나이지만, 애당초 서부는 관리원이 제대로 관리도 않던 곳이다.

그러므로.

"어서 움직여!"

"여기다!"

당장은 저들이 당장 여기 데려온 헌터가 전부다.

수십 명의 헌터가 달려왔지만, 여기 있는 셋 중에 그 헌터들에 기가 죽은 이는 아무도 없었다.

다만 상의는 좀 할 뿐이다.

"어쩔 참입니까? 바로 부딪치는 겁니까?"

"흐음…… 전력 깎아 먹기로 그것도 좋기는 합니다만……."

"읏……."

운이철이 바라보자 대다수의 헌터들이 움찔한다.

'대체 어떻게 했길래?'

운이철이 무슨 짓을 했기에, 저리 많은 헌터들이 쪼는 걸까. 알 수가 없는 일이다.

"으으……."

"크으으."

하기는 저 부상자들을 보면, 뭔가 일어나기는 확실히 일어났다.

"당장 그러기는 무리 아니겠습니까. 그러니 협상을 해야겠지요?"

"협상요?"

"예."

퍼억.

대답이 끝나자마자 운이철이 자신의 옆에 있던 이를 거세게 걷어찬다.

"크으윽."

쥐죽은 듯 기절한 척을 하고 있더니, 어마어마하게 고통스러운 건지 온몸을 사정없이 비튼다.

"일어날 시간은 한참 지나지 않았습니까?"

"크으윽……."

"더 도와드려야 일어날 수 있겠습니까?"

운이철이 다시 차려는 시늉을 하니.

"자, 잠깐!"

한참 고통을 표하다가, 그제서야 손을 뻗어서 그만하라는 시늉을 한다.

"잠깐이면…… 크으. 된다고……."

그제서야 그가 억지로라도 몸을 일으킨다.

*　　*　　*

일이 있기 전까지만 하더라도 고급 양복이었을 게 분명한, 그의 의복은 여기저기가 해진 데다, 곳곳에 발자국이 남아 있었다. 그렇게 만든 주인공은 역시 뻔했다.

'운이철이겠지.'

저 사람 좋은 운이철이 이렇게까지 사람을 몰아세우다니?

나로서는 의외긴 했다. 하지만 상대의 얼굴을 보자마자,

왜 그랬는지 납득이 되었다.

"크흐…… 그, 그만하자고. 여기 사람도 많고."

"소장?"

"나, 날 아는가!"

"알지. 잘."

소장이었다. 운이철이 연구소에 있었을 적의 소장.

직접 본 건 얼마 안 돼도, 들어서 알고 있다. 관리원 홈페이지를 가면 자부심이 한껏 묻어 있는 그의 사진이 잘도 걸려 있었던 것이다.

그러니 모르려야 모를 수가 없는 얼굴이다.

'납치에 관련돼 있다고 했지.'

얼굴을 안다고 해서 마음에 드는 자는 아니었다.

운이철에게 한 짓이 있지 않은가. 그가 납치됐을 때를 나는 아직도 기억한다. 호감이 가려야 갈 수가 없었다.

그런데 소장 이준석은 반대로 생각하는 듯했다.

운이철한테는 안 되겠다 싶었는지, 부상에 뒤뚱거리는 몸을 이끌고서는 내게 다가온다.

그러곤 화색을 보이면서.

"지, 지금 보니 길드장이로구만. 나 좀 살려주게. 아니 어떻게 해 주게. 내 해주기만 하면!"

"흐음……."

"내…… 지원금도 어떻게 하고…… 그 뭐냐. 그래. 이 일도 어? 불문에 부치고…… 뭐…… 그러니까……."

말도 안 되는 거래를 제안하려고 한다.

손까지 잡아 오려는 이준석의 손을 턱하고 치우고서는 슬쩍 운이철을 바라봤다.

역시 표정이 좋지 못했다. 소장의 말을 무시하고 물었다.

"어찌할 생각입니까?"

"글쎄요."

소장 이준석이 눈을 질끈 감는다.

오랜 직장 생활을 한 그답게 직감을 한 거다.

여기서는 길드장이고 뭐고, 운이철의 결정에 따라서 그의 처분이 결정된다는 것을.

역시 눈치 하난 빠른 자다.

"……."

말을 해 봐야 손해라는 걸 아는 건지, 아무런 말도 않고 처분만을 기다린다. 처신을 잘하는 자였다.

운이철이 그런 이준석을 품평하듯 바라본다.

죽이려나? 그럴 수도 있었다.

'적어도…… 사지 멀쩡하게 보내지 않을지도.'

그가 그동안 당한 걸 생각하면, 여기서 쉽게 보내주는 것도 우스운 일이다.

그런데 의외로.

"적당히만 하고 보내죠. 잠시 이리 와 보시죠."

"응? 으으응?"

당장 어찌할 생각은 없는 듯했다.

'헌터들이 있어서 그런가.'

지원까지 들어온 상태다. 헌터 관리원 헌터들이 수십은 우리를 바라보고 있는 상황이었다. 그래서 운이철이 몸을 사리는 걸지도 몰랐다.

어쨌거나 운이철은 다시금 재촉했다.

"따라오란 말 못 들었습니까?"

"어. 어어…… 알겠네."

"흐음."

마음에 안 든다는 듯 이준석 소장을 한 번 쏘아보는 운이철이었다. 그를 보고 움찔한 이준석이 속도를 높이기 시작한다.

* * *

옥상은 넓었고, 둘 정도가 적당히 대화를 할 만한 공터는 금방 찾을 수 있었다.

"여기쯤이면 적당하겠군요."

“그, 그래.”

운이철과 이준석 소장이 슬쩍 이야기를 시작했다.

사람은 많았지만, 주위는 쥐 죽은 듯이 조용했다. 묘한 대치랄까.

“…….”

헌터 관리원의 헌터들 모두 당장 어찌할 생각은 없는지, 여전히 우리를 주시하고 있을 뿐이었다.

아마 이번 협상이 어찌 되느냐에 따라서, 차후가 결정될 게 뻔했다.

협상이 결렬돼서 한판 붙든, 협상이 잘 되든 어느 쪽이든.

‘우리야 상관없지.’

우리로서는 긴장할 게 없었다.

승리는 이미 정해진 상황이다. 헌터 관리원의 숨겨진 힘이 무서울 뿐, 저들쯤이 우리 상대가 될 리가 없다.

헌터들도 그걸 잘 아는지, 잔뜩 긴장한 기색이 역력했다.

괜히 자신들의 손에 쥐어진 무기를 꽉 쥐기도 하고, 자세를 잡고 있는 이들도 있을 정도였다.

그러거나 말거나.

“아, 안 되지. 그건 좀…….”

“흐음. 그럼 돌아가서 발표를 하는 것도 재밌겠군요?”

"……."

"적당히 하죠. 적당히. 여기까지 봐주는 걸로도 꽤 많은 인내심을 요구합니다만?"

"크흐……."

둘의 협상은 계속해서 이어져 갔다.

물론 협상이라고 해 봐야 운이철 쪽은 계속해서 요구를 하고, 이준석 쪽은 그것만은 받아들이기 힘들다면서 손사래를 칠 뿐이었다.

그래 봐야 거부는 씨알도 먹히지 않는 상황이라, 갑은 이쪽인 게 여실히 느껴지고 있었다.

"저 무기 건을 발표 안 해주겠습니다. 대신에 이번 일은 넘어가면 되는 겁니다. 서부 지역에 관한 건도요."

"이번 일이야 어찌 되겠지만…… 서부 지역은 내 권한 밖이라……."

"흐음……."

거래의 핵심은 이번 일을 넘어서 서부 지역에 대한 헌터 관리원의 인정.

'하긴 내가 봐도 어렵긴 하겠네.'

하지만 소장 이준석은 그것만은 어렵다고 말을 한다. 그의 권한 밖이라는 말만 반복할 뿐이었다.

하기는 말이 연구소 소장이지, 그래 봐야 을은 을 아닌가.

연구원들에게야 갑이겠지만, 관리원 전체로 보면 을이다. 그러니 그에게 권한은 생각보다 많지 않을지도 몰랐다.

내가 봐도 무리라는 생각이 들 정도였다.

그래도 운이철이 저기 저 관리원 헌터들의 손에 쥐어진 '무기' 에 관한 걸 가지고 계속 이야기하는 걸 보면.

'중요하긴 한 건가 본데.'

저들 손에 쥐어진 무기가 생각 이상으로 중요한 뭔가일지 모르겠다는 생각이 들기는 했다.

그러니 운이철이 여러 가지를 요구할 수 있는 거겠지.

어쨌거나 둘의 설왕설래는 계속해서 이어져 나갔다.

"흠…… 그럼 서부 지역 인정은 몰라도, 다른 부분들은 몇 개 협의하죠."

"뭐, 뭔가?"

"어차피 일이 커지겠지만, 앞으로 몇 가지만 지켜주면 됩니다. 몇 가지만요."

운이철이 몇 가지를 요구한다.

이야기가 이어질수록 소장으로서는 골이 아픈 듯, 인상을 잔뜩 찡그렸다. 그에 상관없이 운이철은 계속 말을 이어 나갈 뿐이었다.

"……내 최선을 다해서 말은 해보겠네만…… 안 될 수

있는 것들도 있네."

"상관없습니다. 그때는 그때 가서 처리하면 될 뿐이죠."

"……후."

결국 수십이 지켜보는 가운데, 이뤄졌던 협상 아닌 협상이 끝이 났다.

운이철로서는 서부 지역의 '인정'을 제외하고는 요구할 건 다 요구한 상태.

'역시나 거래는 꽤 잘해.'

예전에 나를 의뢰에 끌어들일 때도 그렇지만, 운이철은 거래를 할 줄을 아는 자다.

상대가 뭘 할 줄을 안다. 어디까지 요구를 해야 할지를 안다. 때로는 위험을 감수하게도 만들 줄을 안다.

거기다 상황상 소장 이준석에게 거리낄 것도 없는 운이철 아닌가?

이쪽에 유리한 거래가 되지 않고서야 그게 더 이상했다.

그런 운이철을 소장 이준석은 한참이고 바라본다.

"변했어. 확실히……."

그러다 마지막 말을 남기고서는, 잽싸게 헌터들이 있는 곳으로 달리기 시작했다.

"철수 준비!"

그가 뭐라 뭐라 말하자, 잔뜩 긴장하고 있던 헌터들이 짐을 싸기 시작한다.

헌터들이 가지고 있던 장비들도 챙기고, 여러 가지 잔해들도 치우기 시작했다.

마치 증거를 인멸하듯이.

그걸 가만 보다가 물었다.

“흠? 다 가져가도 되는 겁니까?”

“상관없습니다. 이쪽도 가질 것은 가졌으니까요.”

“그렇다면야…….”

저들이 다 가져가도 괜찮나 싶었지만, 운이철은 알아서 미리 챙겨 놓은 것이 있는 듯했다.

어쨌거나 그들은 이곳에 더 있기는 싫다는 듯 아주 순식간에 물러났다.

묘한 대치가 순식간에 끝나버렸다.

남은 건 그 뒤였다.

*　　*　　*

헌터들이 부산스레 움직이고 남은 우리도 천천히 물러나왔다.

“와…….”

“처리 능력 하나는 좋네.”

우리가 한바탕 한 호텔에서는 그 어떤 인기척도 느껴지지가 않았다.

곳곳에 있는 핏자국, 깨지고 남은 유리들. 전투의 잔해들마저 없었더라면, 아무도 없는 유령 호텔이라고 여겼을 정도다.

헌터 관리원의 사람들은 생각 이상으로 치우는 거 하나는 유능했다.

“본래 그들의 본업이니 그럴 만하긴 합니다.”

“그래요?”

“일 터지면 수습하는 게 공식적으로는 헌터 관리원이잖습니까. 이 정도는 기본이겠죠.”

“흠…… 그도 그렇겠군요.”

운이철의 말을 들어 보니, 확실히 지금 상황이 이해는 갔다.

어디까지나 헌터 관리원은 헌터들을 ‘관리’ 하기 위한 집단 아니었는가.

지금에야 하급 헌터들에게 빌어먹을 갑질을 해대고, 자신들이 헌터 위에 군림하는 양 굴지만 초기 관리원은 분명 ‘관리’ 라는 걸 해 왔다.

그런 의미에서 보자면 전투의 수습이라든가, 헌터 관리를 하는 노하우 정도는 그들도 가지고 있기는 할 터.

이렇게 단기간에 수습을 해내는 건 그들에게 쉬운 일일지도 몰랐다.

대신 우리에게는 어려운 일이 남아 있었다.

"어쨌거나…… 주은영 건은 이것으로 끝이로군요?"

"예. 대신에 빠르게 움직이긴 해야 할 거 같습니다. 헌터 관리원도 본격적으로 물밑 작업을 하는 거 같으니까요."

"물밑 작업이라……."

헌터 관리원이 움직이고 있다. 그것도 그들이 가진 헌터들까지 동원해서.

'지금이야 소속 헌터 수십이라지만…….'

헌터 관리원 소속 헌터가 아니라, 헌터 관리원과 연줄이 닿아 있는 거대 길드까지 움직이면 머리가 복잡해진다.

헌터 관리원도 문제지만, 관리원과 손잡고 헌터계를 좌지우지하는 그들이 무력적으로는 더욱 무섭다.

그런 상태에서 저들이 먼저 움직임을 보였으니 이쪽도 움직여 줘야 했다.

아주 확실하게.

주은영과 제대로 한바탕을 끝냈지만, 할 일은 태산이었다.

*　　*　　*

움직이기 위해 돌아가는 길.

운전을 하는 운이철에게 슬쩍 물었다.

"허경석 그놈이야 알아서 챙겨뒀겠고…… 그 무기에 관련해서도 좀 챙겨놨죠?"

"후후. 당연한 이야기 아닙니까."

쯔와아아압—

운전대를 잡고 있던 오른손을 품에 넣더니, 공간 장치에서 무언가 꺼내 드는 운이철이었다.

"흠? 반쪽이네요?"

"부쉈죠. 그래도 증거론 충분합니다. 이거 관련해서는 알 만한 사람도 있고요."

"알 만한 사람이라고 하면?"

답은 의외였다.

"장인 어른이 있지 않습니까. 그분이 이것에 대해 잘 알 겁니다."

"장인 어른이라……."

장인 어른 한철. 우스갯소리로 말을 하곤 하지만, 그는 분명 알아주는 장인이었다.

이 장비와 관련해서 그에 대한 이야기가 나올 줄은 나로서는 생각도 못 했다.

당장으로서는 그와 좋은 관계는 아니었다.

이쪽에서는 조심스레 우리 쪽에 합류해 달라 설득을 했지만, 아직 그가 허락을 하지 않은 상황 아니었는가.

물론 그의 딸인 한서은이 힘을 보태주고 있는 상황이긴 하다.

그래도 장인인 그가 완전히 합류를 해줘야만 할 이유는 충분히 있었다.

그가 장인인 것도 이유지만, 그가 가진 여러 힘들도 필요로 하기 때문.

'그 영감. 합류할 만도 한데 말이지.'

처음 설득을 할 때까지만 하더라도 금방 합류를 할 줄 알았는데, 도무지 합류를 않는다.

그러다 보니 나로서도 좋은 소리는 나오지 못했다.

"……알아도 대답해 줄까요? 요즘은 좀 그렇잖습니까?"

"해 줄 겁니다. 그리고 이게 열쇠가 될 수도 있죠. 그 장인 어른을 설득하는 열쇠요."

"설득이라……."

운이철 그의 말대로 이 반으로 쪼개진 '무기'가 한철이 합류하는 데 열쇠가 됐으면 했다. 진심으로.

"챙기시죠."

"알겠습니다."

쯔와아아압—

운이철의 말대로 내 전용 공간 장치 안으로 반쪽짜리 무기를 챙겼다.

그런데 어째.

'표정이 좋네?'

한탕 하고 피로할 법도 한데, 운이철의 표정이 꽤 좋았다. 어린아이가 생각지도 못한 선물을 받은 것처럼 밝은 표정이었다.

협상을 벌일 때만 하더라도, 무슨 장군처럼 이준석을 시종일관 몰아치던 운이철이라고는 생각지도 못할 그런 표정이었다.

"그나저나 좋은 일이 있나 봅니다?"

"후후. 들켰습니까?"

"우리가 본 지가 얼만데요. 뭐 얻은 거 있는 거죠?"

"예."

쯔와아압—

이번에도 품에서 뭔가가 나왔다. 익숙한 거였다. 현대인이라면 누구나 가지고 다닐 법한 거다.

"핸드폰 아닙니까?"

"예. 하지만 그게 중요한 게 아닙니다. 여기 달린 거 보이시죠?"

"USB?"

"예. 후후. 이게 진짜죠."

운이철의 말대로 핸드폰에는 USB가 달려 있었다. 나온지 얼마 안 된 최신기종으로 보이는 핸드폰과 다르게 USB는 꽤 낡아 보였다.

"이게 중요하다고요? 뭐 들어 있습니까?"

"소장 겁니다."

놀랄 수밖에 없었다. 어째 순순히 소장을 보내주는 줄 알았더니 미리 챙긴 게 있었다.

"허. 그거 도둑질 아닙니까?"

"전리품이라고 해두죠. 사람 못 믿는 소장이, 애지중지하는 거니 꽤 자료가 있을 겁니다. 이것 외에도 여럿 챙기긴 했죠."

"와…… 역시 무서운 양반."

"과찬입니다. 후후. 모르긴 몰라도 이 폰에도 녹음 파일이 꽤 될 겁니다? 자기 아니면 못 믿거든요. 그 소장."

"……대박."

질린 표정으로 운이철을 볼 수밖에 없었다.

상대에 따라서 잘도 대응하는 운이철이라지만, 이런 식으로 이준석 소장의 걸 챙길 줄이야.

지금이야 모르겠지만, 소장 이준석이 돌아가서 품을 뒤

지면 비명이라도 지르지 않을까 싶었다.

'아주 철저하다니까…….'

순간 운이철이 천성 자체는 착한 게 다행이라는 생각이 들었다. 적이 아니라 우리 편이라는 것도 여러 가지로 안도가 될 정도였다.

"왜 그렇게 보십니까?"

"……아닙니다."

겉으로는 순진해 보여도, 적으로 돌아서면 안 될 자가 운이철이었다.

순둥순둥하기만 하던 운이철이, 소장 뱃속까지 챙겨먹은 사람이 될 줄이야!

정말 생각도 못 했던 일이었다.

여자가 한을 품으면 오뉴월에 서리가 내린다는데, 운이철이 한을 품으면 그 이상인 듯싶었다.

'조심해야지.'

그렇게 우리는 운이철의 한을 한참이고 느끼면서 기지에 돌아오는 데에 성공했다.

* * *

끼이이익—

차가 멈춰 섰다. 차에서 내리자, 그제서야 전투가 완전히 끝났구나 하는 실감이 들었다.

'정말 밤을 새워 버렸구만.'

마지막답게 화려한 전투였다. 나로서도 잔뜩 피로감을 느낄 만큼.

추욱 쳐진 몸을 이끌고 들어오자, 길드원들이 우리를 바라보고 있는 게 느껴졌다.

특히나 이서영이나 한서은의 경우에는 나를 많이 걱정했던 듯했다.

"괜찮아요?"

"기환 씨!"

차에 내려서자마자, 둘 모두 순식간에 달려왔다.

굉장히 빠른 속도라 누가 보면 전투라도 나가는지 오해할 기세. 하지만 그런 게 아녔다. 다만 나와 거리를 가까이 했을 뿐이었다.

"괜찮아요. 후후, 잘 끝내고 왔으니까요."

"다행이네요."

"다행이에요!"

잘 끝내고 왔다는 말에 둘 모두가 환히 웃어 준다.

둘 모두에게서 진심이 느껴진다. 내가 무사히 온 것에 대한 안도가 확실히 느껴진다.

그래도 혹시 내가 부상을 당한 걸 숨길 수 있다고 생각하는 건지, 예리한 눈으로 쓱 나를 바라보는 것도 잊지 않는 그녀들이었다.

'호강이로구만…….'

정말 나로서는 생각지도 못한 호강을 하는 느낌. 그게 부러운 건지.

"쳇……."

"그러니까 저 새끼 걱정해 줄 필요가 없다니까?"

허웅이나 마동수의 헛소리들이 들려오기는 한다.

허나 없는 자들(?)의 헛소리는 이쪽에서 넘어가 줘야 하지 않겠는가.

"억울하면 네놈들도 열심히 하라고."

잔뜩 약 올려주는데, 어째 반응은 각기 달랐다.

"열심히는 무슨…… 부대를 지킬 뿐이다!"

마동수는 역시 솔로 부대원답게 짜증을 내는데. 어째 허웅의 상태가?

"헹…… 이쪽은 꼭 그렇지만도 않거든?"

"너!? 설마!?"

마동수, 아니 정확히는 솔로 부대를 배신한 느낌이었다!

뭔가 의기양양한 것이, 내가 없는 사이에 허웅이 한 건 하기라도 한 느낌이었다.

오랜 밀당을 끝내고 확실하게 사귀는 걸까? 아니면 그새 다른 여자가?

'알 수 없지.'

아직은 알 수가 없었다. 나로선 생각지도 못한 궁금증이 치솟는 상태였다.

궁금해하는 나와 다르게 마동수는 진지했다.

"너! 저리 가서 이야기 좀 하자!"

"아 왜에!? 어어? 당기지 말라고?"

"시끄러! 새꺄!"

허웅을 끌고 가는 기세가 보통이 아니었다. 마치 레이드 급 몬스터를 잡으러 가는 헌터의 기세가 느껴지는 듯했다.

"……휴우."

그런 그들을 한심스럽다는 듯 바라보는 길드원들이 있었지만, 둘만은 진지했다.

'바보 콤비라니까.'

허웅과 마동수. 정말로 예나 지금이나 달라진 게 없는 바보 콤비였다.

그래도 그런 그들이 있어서 제대로 실감은 났다.

"돌아온 건가……."

일 하나를 잘 마치고 돌아왔다는 실감이 제대로 들었다.

이준성이 그런 그 둘을 질리듯 바라보며 물었다.

"맨날 그러냐?"

"어? 저 둘?"

"그래. 동영상 보니 사냥할 때는 저러지도 않던데……."

"평소에는 맨날 저렇다고. 저 애들."

"……허 참."

앞으로 이곳에서 한참 활약해야 할 이준성 아닌가.

동영상으로만 허웅이나 마동수를 봐 왔던 그로서는 저 둘이 저런 모습을 보인 것에 확 깬다는 표정을 짓고 있었다.

그래도 어쩌겠는가.

이준성 쪽도 이쪽에 이미 깊게 발을 디뎌 버렸다. 저들이 어쩌든 이쪽과 같이해야 할 이준성이었다.

"적응하라고. 저쪽이 고칠 리가 없으니까. 그나저나…… 오늘은 고생했다."

"길드장이야말로."

다행이랄까. 그래도 이준성이 보내는 눈빛은, 다른 길드원들과 별다를 게 없었다.

'믿는 건가…….'

허웅이나, 마동수가 내게 보내는 것과 비슷한 눈빛. 신뢰가 있었다. 좋은 눈빛이다.

"자아, 들어가자고. 내일부터 더 바쁠 거니까."

"오케이!"

정말 하나가 끝났다.

그리고 내일부턴 많은 걸 챙겨야 할 날이었다.

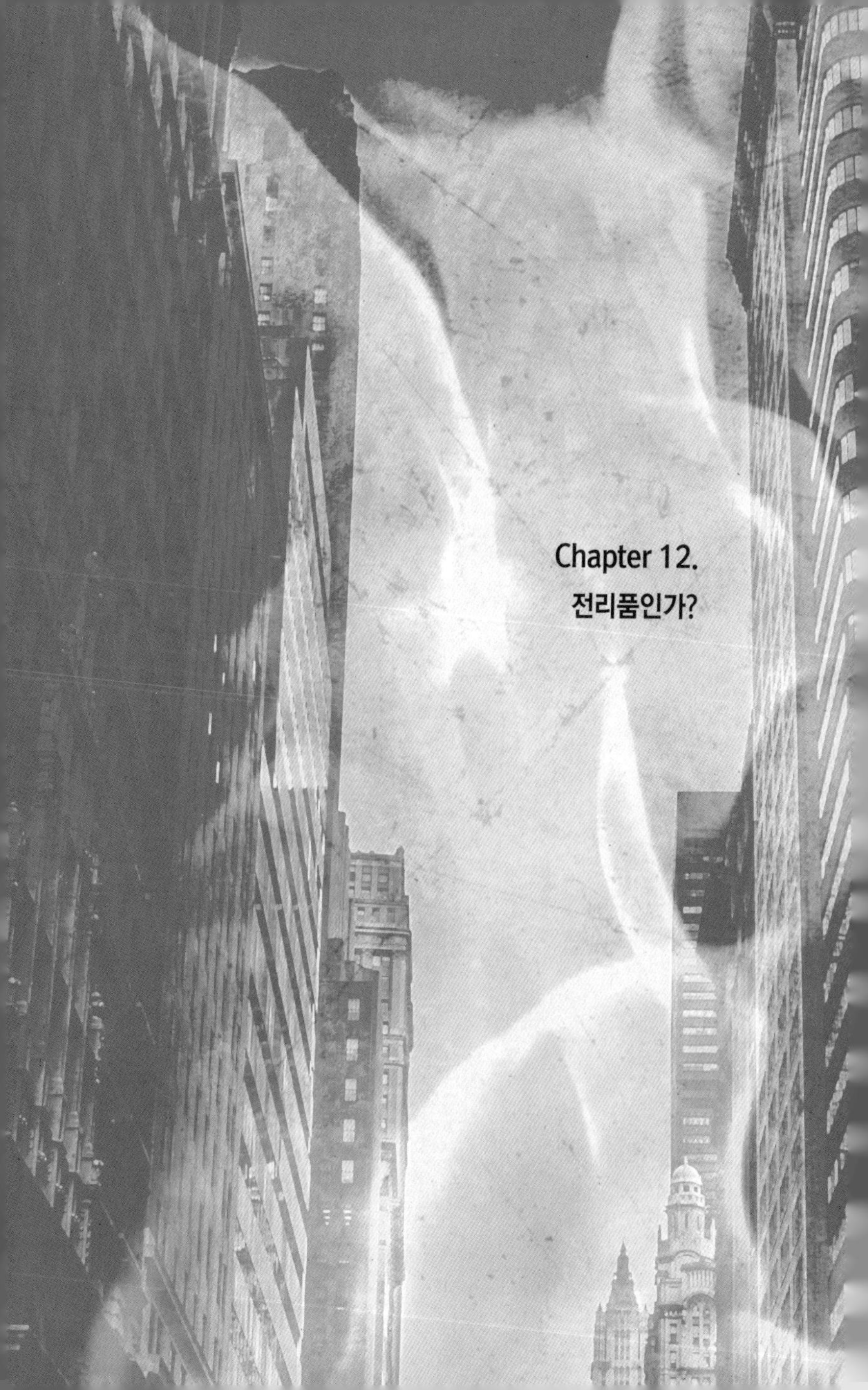

Chapter 12.
전리품인가?

퍼엉!

"이 무슨?"

눈을 뜨자마자 해가 반긴다. 아침나절은 지난 지 오래다. 밤새도록 전투를 벌였으니 오늘만큼은 평소보다 늦게 일어났다.

하지만 그리 오래 잔 건 아니었다.

그럼에도 눈을 뜰 수밖에 없었다. 폭음이 들려왔으니까.

'그리 크진 않은데…….'

대단한 폭발은 아니었다. 내가 쓴 기술들에 비하면 새 발의 피나 될 만한 그런 폭발이다.

하지만 강화된 오감으로 분명 들렸다. 내부에 폭음이 일었다.

'이 방향이면…….'

운이철이 있는 곳!

"대체 무슨 일이야!"

소리치면서 몸을 급히 일으켰다. 채비를 하고 말 것도 없이 바로 달렸다.

*　　*　　*

"어엇? 길드장님?"

곳곳에서 나를 보자마자 당황하는 길드원들이 보였다. 잠옷차림으로 길드 본부를 달리고 있으니 그럴 만도 했다.

설명을 할 시간도 없었다.

급하게 몸을 날렸다.

콰앙!

급하게 문을 열었다. 노크를 할 틈도 없이. 바로.

그 안에 운이철이 있었다.

"무슨 일입니까?"

"폭발이 있어서 왔죠!"

"……들렸군요?"

"예. 대체 뭔 일이랍니까!"

재촉하듯 물었다. 다행히 운이철에게 무슨 일이 생긴 건 아닌 거 같았다. 하기는 어지간해서야 그가 당할 리는 없었다. 그것도 길드 본부에서.

'대체 뭔 일이래.'

일이 없는 건 좋다. 하지만 폭음은 분명 일었다. 그제서야 폭음의 진짜 정체가 뭔지 궁금해졌다.

"……여기입니다."

눈치 빠른 운이철은 물어보지도 않았는데 바로 어느 한 쪽을 가리켰다.

"……유행 따라갑니까?"

폭발의 정체. 그건 핸드폰이었다. 운이철이 어제 가져온 핸드폰이 완전히 아작이 나 있었다.

보통 사람이라면 이 폭발에 부상이라도 당했겠지만, 다행히도 운이철은 그런 건 없는 듯했다. 이능력이라도 발휘해서 피한 듯했다.

그래도 어이가 없었다.

"아니 요즘 핸드폰 터지는 게 유행이라지만…… 거 참. 왜 터진 겁니까? 배터리?"

"아뇨. 그런 건 아닙니다. 보안 때문인 거 같습니다."

"보안요?"

"예. 후후. 이거 참…… 쓸데없이 걱정하시게 만든 거 같습니다."

"하 참……."

어이없어하는 내게 운이철의 설명이 들려왔다.

* * *

어이가 없었다.

USB에 자료들을 복사하는 것이 우선. 복사를 하다가 문득 핸드폰의 안의 내용도 궁금해졌었다고 한다.

"그래서 살폈었죠."

핸드폰에 걸려 있는 비밀번호? 쉽게 풀었었다고 한다.

"헌터 관리원에 대한 자부심이 대단한 사람 아닙니까."

이준석 소장의 생일도 아닌, 이준석 소장의 입사일이 비밀번호였다고 한다.

입사일은 어떻게 알았냐고?

홈페이지에 잘도 표시가 되어 있었다고 한다. 하여간 이준석이라는 소장도 참 자길 드러내길 좋아하는 자였다.

비밀번호를 풀자마자 핸드폰에 있는 것들을 살폈다고 한다.

USB만은 못해도 여러 가지 자료가 있었단다. 그렇게 쭉 살펴봤는데.

"갑작스레 못 보던 오류가 뜨더니 어느 순간 터지더군요. 펑하고!"

보안이 걸려 있었다고 한다.

핸드폰에 무슨 보안인가 싶기는 하다. 그래도 이준석 소장의 자리를 생각하면 이해는 갔다.

'을이긴 해도 갑에 가까운 을이지.'

무려 헌터 관리원 산하 연구소의 소장 아닌가. 거기에 더해서 헌터 관리원의 여러 잡무도 보는 게 이준석이다.

헌터가 아니어도 그는 중요인물이라고 할 수는 있었다.

그러니 그의 핸드폰에 보안장치 같은 게 걸려 있는 건 이해할 수 있는 일이었다.

"근데 그런 게 쉽게 됩니까?"

"그리 어렵진 않습니다. 돌아가서 뒤늦게서야 핸드폰이 없는 걸 알고, 작동시켰을 수도 있고요."

"하, 거참……."

상황은 알았다. 그래도 살다 보니 별의별 경험을 다 하는 느낌이었다.

안락해야 할 본부 내에 폭음이라니. 다시는 얻고 싶지 않은 경험이다.

그러니 경험에 대한 값은 충분히 치러줘야 했다. 운이철에게 물었다.

"근데 성과는 있었습니까? 덕분에 잠은 다 깼다고요?"

"물론입니다. 대충 봐도 꽤 재밌는 것들이 많더군요. 물론 폰보다는 USB에 자료가 더 많았지만요."

"분석은 언제 끝날 거 같습니까?"

"며칠 내로 되지 않겠습니까? 음…… 그래도 레이드가 얼마 안 남았으니 또 모르겠군요."

"……그러고 보니 레이드도 있었죠."

생각해 보면 주은영을 무리해서 잡은 것도 레이드 때문이었다. 다행히 주은영은 끝냈지만, 레이드는 이제 시작이 될 일이었다.

주은영의 일로 잠시 일 순위에서 밀렸지만, 이것도 꽤 중요한 일이었다.

'바쁘구먼…….'

하나 끝나면 또 하나라니. 일은 참 많고도 많았다.

"천정에서도 그걸로 꽤 분주하더군요."

"흐음…… 그럴 만하긴 하죠 그쪽도."

특히 천정에서는 이번에 칼을 제대로 갈고 있었다. 지원자도 들어온 걸 이미 파악한 지 오래다.

지난번 일로 입은 손해가 있으니, 이번 일로 만회를 하려고 그러는 게 분명하다.

'헌터 관리원도 움직이는 게 포착됐으니…….'

헌터 관리원의 움직임을 생각하면 꽤 본격적일지도 몰랐다.

"이쪽도 진지하게 임해야겠군요."

"예. 하지만 그 전에 움직이셔야 하는 건 알고 있으시죠?"

"물론이죠. 어차피 잠도 다 달아난 거. 이참에 움직여 봐야겠습니다."

앞으로가 중요했다. 마무리할 것도 많았다. 빠르게 움직여야 했다.

운이철도 그걸 아는지.

"저는 여기 마무리하고 있을 테니 어서 다녀오세요."

"쳇. 누가 길드장인지. 어쨌든 다녀오겠수다!"

나를 재촉했다. 그의 재촉에 못 이기는 척 바로 움직이기 시작했다.

* * *

비명이 울려 퍼진다.

"우와아아악! 좀 쉬자고. 어제 너 기다린다고 하루 종일

못 잤다니까?"

"됐어. 인마. 하루 조금 잔다고 안 죽어. 어서 오기나 해라."

"젠장……."

그 주인공은 허웅이었다.

어제 밤새 나를 기다리며 비상 대기를 했었다는 걸 알기는 했다. 그래도 이런 일을 시킬 사람이 많지 않았다.

'믿을 만해야 한다고.'

믿을 만한 자를 데려가야 하는 상황이었다.

해서 한창 자고 있는 허웅을 깨우고, 마동수를 비롯해 여럿 믿을 사람을 데려왔다. 거기에는 어제 일을 같이했던 이준성도 포함되어 있었다.

애들을 데리고 가니 이준성이 건물 앞에서부터 기다리고 있었다.

"여어."

"준비 끝인가? 근데 이들만 데리고 가려고?"

"믿을 만해. 그리고 어차피 수가 중요한 건 아니잖아."

툭툭.

나는 내 옆구리에 채워져 있는 공간 장치를 손으로 두드렸다. 이것만 있으면 준비는 완료라는 뜻이었다.

이준성도 그걸 알아들었는지.

"하긴. 그도 그렇네. 많아야 좋을 것도 없긴 하지."

고개를 끄덕인다.

그도 나와 같은 생각에서인지 공간 장치를 이미 몇 개 허리춤에 차고 있었다.

'준비는 다 됐군.'

이제 필요한 건 안내뿐. 바로 신호를 날렸다.

"그럼 바로 출발하자고."

"오케이. 안내하지!"

출발이다.

* * *

"의외로 가깝군."

이준성이 안내하는 장소는 본부에서부터 그리 멀지가 않았다. 또 의외로 밝은 곳에 위치하고 있었다.

잡화점이었다. 이쪽으로서는 딱히 올 일이 없어서 오지 않은 곳이기도 했다.

"어서 오…… 엇."

안에 들어가자 점원이 인사를 올리다 말고, 우리를 보며 놀란 눈을 한다.

우리가 이곳에 올 거라고는 전혀 생각지도 못한 눈치였

다.

'어수룩하네. 하기는 제대로 된 놈들은 다 죽었겠지.'

그래도 표정 관리를 좀 해야 할 거 아닌가. 기본적인 표정 관리도 안 되어서야 여기에 어떻게 있는지를 알 수가 없었다.

"오랜만이네?"

다만 이준성은 알 수 없는 미소를 짓고 있었다. 의미를 알기 힘든 야릇한 미소였다.

"오, 오랜만입니다."

"그래. 그래. 잘 지내지? 이쪽은 덕분에 아주 잘 지냈다."

"그, 그거 다행입니다."

"개소리 하고 앉았네!"

퍼어억.

정타다! 아주 제대로 명치에 한 방 꽂아 버리는 이준성이었다.

"크으윽……."

어째 다들 내 옆에만 있으면 성격이 더러워지는 건지. 아니면 본래부터 그런 건지!

일단 한 대씩 때리고 놓고 보는 게 유행하고 있는 느낌이었다.

"엇? 왜 때리는 거래?"

나만큼이나 놀란 허웅이 먼저 물었다. 들리는 이준성의 답은.

"이 새끼 때문에 우리 애 하나 잡혔었거든. 그렇지 않냐? 이 배신자 새꺄."

"혀, 형님…… 그건…… 저, 저도 살려고……."

"닥쳐 새꺄. 너 같은 새끼 동생으로 둔 적도 없으니까."

"……크흐…… 죄, 죄송합니다……."

"……."

후회. 안타까움. 당황.

그런 것들이 점원의 표정에서 순식간에 지나간다.

그런 점원을 두고 이준성은 아무런 답도 하지 않았다. 대신 잡화점의 매대 하나를 엎기 시작했다.

'배신한 건가…….'

이준성이 왜 그랬는지는 대충 알 만했다.

다들 아무런 말도 하지 않고, 매대를 치우고 있는 이준성을 도왔다.

헌터들이 달려들어서 움직이는지라, 비록 소수기는 하지만 금방 몇 개의 매대가 치워졌다.

투욱. 툭.

이준성이 매대가 있던 곳의 주변을 조심스레 만지기 시

작한다.

"찾았다."

딸칵.

그의 말이 끝나자마자 벽돌이 뒤집어지고 뭔가가 드러나기 시작한다. 몇 개의 버튼이 드러났다. 그 버튼을 몇 개 더 누르자.

구그그그긍—

벽의 한쪽이 열리기 시작했다.

"와……."

"무슨 이런 장치가……."

비밀 통로가 모습을 드러냈다. 이준성이 손짓을 하자.

"여, 여기……."

점원 노릇을 하던 놈은 용케 랜턴 같은 것을 찾아다가 갖다 줬다.

딸칵—

랜턴을 켜자 어두웠던 통로가 희미하게 모습을 드러내기 시작했다.

"하여간에 그 녀석. 꽤나 어두운 걸 좋아한다니까……."

누군가에게 날리는 건지 모를 말을 남기면서, 랜턴을 든 이준성이 가장 앞서 걷기 시작한다.

그 뒤를 나와 다른 일행들이 같이 들어가기 시작했다.

남은 것은 어찌할 줄을 모른 채로, 안절부절못하는 점원 하나뿐이었다.

그렇게 우리는 우리가 얻을 수 있는 첫 번째 전리품을 얻기 위해 발을 내디뎠다.

* * *

여우가 굴을 여러 개 파듯 주은영도 굴을 여러 개 팠다.

이곳도 그중 하나.

그래선지 이곳에는 함정이나 그런 건 없었다.

하기는 있을 리가 없기도 했다. 이곳은 최악의 상황에서나 열릴 곳. 보통은 이곳의 입구가 아닌 다른 곳의 입구를 사용한다고 했었다.

어쩌면 여기가 열린 일 자체가 처음일지도 몰랐다.

'여우굴 중 하나라 이건가.'

먼지가 가득했다. 그러면서 길었다. 안으로 한참을 들어갔는데도 아직 남은 느낌이었다.

"이런 공사 하려면 돈 좀 들겠는데."

"꽤 오래 서부를 지배했었으니까."

"하긴…… 그럴 만도 하네."

이준성의 말대로다.

비록 마지막은 초라했을지언정, 그녀는 서부의 지배자였다.

여러 조직으로 나뉘어 있을 때도 있었지만, 명실상부 그녀가 최고의 조직이었다고 하는 것에는 누구도 반론을 하지 못할 거다.

그러니 그녀는 기억될 거다. 몇 년 뒤면 잊혀지더라도, 이곳 서부의 여제로서.

'그 정도 되는 사람이 남긴 곳이니…….'

그런 그녀의 비밀 장소 중에 하나가 이곳이었으니, 이만한 장소도 이해는 간다.

"후우……."

그러고도 한참. 우스갯소리로 공기가 희박하다고 느껴질 때쯤 끝이 보였다.

*　*　*

흔히 범죄를 저지르는 이유는 별거 아니다.

돈 아니면 권력.

보통 사람들은 만질 수도 없는 돈을, 범죄를 저지르면 쉽게 만질 기회를 얻을 수 있게 된다.

'그래 봤자긴 하지만…….'

물론 말단은 그럴 수가 없다.

부익부 빈익빈이라는 법칙이 범죄 조직에는 더욱 확실하게 통용이 된다.

위에 있는 범죄자는 돈을 쌓고 살 만큼 많은 돈을 얻는다면, 그 밑의 말단은? 겨우겨우 풀칠만 하고 사는 경우도 많다.

실제로 뉴스에서도 그러지 않았나.

범죄 조직을 잡고 봤더니. 제일 밑의 끄나풀들은 합숙생활을 하는 데다가, 훈련이라는 걸 빌미로 폭력에 시달리는 경우도 있다고 말이다.

주은영의 경우도 마찬가지.

'독하다고 들었지.'

그녀는 아래에 있는 자들을 제대로 부릴 줄을 알았다.

자신이 가진 이능력을 기반으로 힘을 쌓고, 그걸 권력으로 휘두르며 돈을 쌓았다고 들었다.

어렸을 때부터 함께했던 이들은 그나마 간부 취급을 해줘서 사정이 나았다지만, 그 밑은 고생길이 훤했다 들었다.

실제로 해구마를 잡던 시절 나한테 당한 운상만 하더라도 그렇지 않은가.

이능력자라고 조직에 가담을 했을 건데, 무한한 사냥을 해야 하는 데다가 장비조차도 빚이었다고 들었다.

그러다가 나한테 당하고서는 얼굴이라고는 코빼기도 보이지 않는다. 운상을 포함해서 그와 같이 있었던 이능력자 모두 그랬다.

말하지 않아도 그들이 어디로 갔을지는 뻔하지 않나?

'죽었거나…….'

죽은 게 아니라면 어디 다른 조직에 팔아넘겼을지도 모른다.

그만큼 그녀는 독했다.

그런 조직 따위 빠져나오면 되지 않겠느냐고 말하는 자도 있겠지만, 그게 어디 쉽겠는가.

'구렁텅이지.'

범죄 조직이란 건 빠져나올 수 없는 구렁텅이다.

아래에 있는 자도, 위로 올라간 자도 누구도 나갈 수 없는 구렁텅이!

빠져나가려고 해도, 안에 속한 자들이 어떻게든 끌어내리는 곳이 바로 조직이란 거다.

그러니 한번 들어가는 게 쉽지, 들어가서는 빠져나오려야 나올 수가 없다. 그게 현실.

그런 현실을 왜 이리 깊게 이야기하냐고?

"와아……."

"이게 뭐 말이 되냐."

놀라서 그런다. 놀라서.

"대체 뭔 짓을 한 거래. 이게 얼마야……."

"……이게 시작이라더군. 진짜 많이도 해먹었네."

그녀가 서부의 패자가 된 지가 몇 년이던가. 어려서부터 쌓아 왔던 것들을 생각하면 십 년은 족히 넘는다.

그 기간 동안 축적한 걸 보라.

"……돈 덩어리네. 덩어리."

"야야. 여기는 황금이 통째로 있다. 이거 만화에서나 나오는 그런 거 아니냐."

"여기는 정석이야! 미친 듯이 사냥시키더니 여기에 다 있었구만."

"미친…… 여기는 희귀한 재료다. 어떻게 구했지. 이걸……."

나, 허웅, 마동수고 할 것도 없이 놀랄 만큼 많은 재화들이 쌓여 있었다.

이건 정말 상상도 하지 못할 만큼 많은 재화였다.

그녀가 왜 죽을 둥 살 둥 노력하면서 이 서부를 지키려고 했는지 알 만한 모습이었다.

비록 발전하지 못한 서부지만, 그 서부에서 그녀가 뜯어낸 돈은 과연 어마어마했다.

'내가 지금까지 번 건……'

새 발의 피인 느낌이었다.

이 많은 돈을 쓰지도 못하고 죽다니. 억울하다 못해 통곡이 흘러나올 만한 일이었다.

아마 내가 이 돈을 두고 죽어야 했다면, 나는 귀신이 돼서 일어나지 않았을까? 아니 몬스터 좀비라도 돼서 다시 태어나지 않았을까 싶을 정도의 재화들이었다.

쯔와아압— 쯔왑—

"남기지 말고 챙기라고!"

"오케이!"

잘도 챙겼다. 아주 미친 듯이. 누가 보면 광기를 흘리고 있다고 할 만큼, 재빨리 손을 놀렸다.

쯔왑—

거리면서 재화가 안으로 들어가면 들어가는 만큼 든든해지는 느낌이었다.

'좋아…….'

나는 이걸 가지고 주은영처럼 쌓아 놓기만 할 생각은 없었다.

애당초 돈을 벌어서 호의호식하려고만 했으면, 길드를 만들 이유도 없었다. 지금처럼 미친 고생을 할 필요도 없었다.

지금의 이능력. 각성 뒤의 힘이라면, 어지간한 거대 길드에 들어가서 호의호식할 능력은 됐다. 적어도 나 혼자만큼은 그게 가능했다.

하지만.

'내가 원하는 건 그게 아니지.'

나는 고작해야 그런 걸 원하지 않았다.

언제부턴가 아주 큰 꿈을 꿔 왔다. 그리고 그 꿈을 위해서 달려왔다. 여기서 얻은 재화들은 달려오는 와중에 얻은 작은 성과일 뿐이다.

그리고 이 작은 성과를 이용해서.

'많은 걸 바꿔야지.'

계획보다 더 빠르게 많은 것들을 바꿀 수 있게 될 거다. 아주 많이.

* * *

김기환과 그 일행이 미친 듯이 재산을 챙기고 있는 그 상황.

그런 김기환의 첫 적이라고 할 수 있는 천정 길드도 꽤나 부산하게 움직이고 있었다.

얼마 뒤에 있을 레이드를 위해서였다.

제니스 길드에서 지원군이 왔지만, 그것만을 가지고 만

족을 하기에는 부족하다는 걸 길드장 정상수는 확실히 알았다.

그렇기에 그는.

"더 조여. 이번에는 확실히 준비해야 한다고!"

"옙!"

"지원 더 받을 수 있으면 받아와. 인맥이라도 다 동원해보라고. 총력이다!"

"알겠습니다!"

자신이 할 수 있는 모든 걸 동원하면서 분주히 움직이고 있었다.

더 이상, 자신이 길드장이란 이유로 뒷선으로 물러나지 않았다. 일선으로 나와서 자신이 할 수 있는 걸 하고 있었다.

덕분인지, 김기환에게 처참하게 패배한 이후로 침체되어 있던 길드의 분위기도 다시 살아나는 느낌이었다.

"다녀오겠습니다."

"그래. 다녀와서 바로 보고하고."

초기 길드가 세워질 때처럼. 바삐 돌아가는 느낌. 누가 있어도 신바람이 날 그런 분위기였다.

"……후우."

그런데 어째 그런 천정 길드의 간부이자, 핵심이라고 할 수 있는 진찬수는 분위기가 그리 좋지 못했다.

한숨을 크게 쉬는 데다가, 움푹 들어간 볼은 그가 며칠째 잠도 제대로 자지 못했음을 보여주고 있었다.

일이 힘들어서 그런 것은 아니었다.

정상수는 바삐 움직이되, 길드원들이 할 수 있을 만큼만 일을 줬다. 레이드를 위해서라도 컨디션을 조절시켰다.

진찬수도 그건 마찬가지. 그가 할 수 있을 만큼의 일을 받았지, 무리를 할 만한 일은 받은 적도 없었다.

그런데도 진찬수는 계속해서 초췌해져 갔다.

그러다가.

"너는 저기를…… 어?"

"형님……."

다 죽은 눈을 하고서는 정상수를 찾아왔다.

평상시라면 공적인 자리에서 형님이란 말을 한 진찬수를 꾸짖을 그였지만, 이번만은 예외였다.

척 봐도 진찬수의 상태가 이상했기 때문이다.

"찬수. 너 왜 눈이 그래?"

"……아닙니다."

"대체 뭔데?"

계속되는 정상수의 물음.

분명 이곳에 오기까지 많은 고민을 하고 왔을 진찬수다. 그런데도 막상 정상수에게 와 놓고도 한참을 고민하는 기색이었다.

말을 할까, 말까 망설이는 기색이 역력했다.

그러다 한숨을 푹 쉬고서는.

"잠시 이야기 좀 할 수 있겠습니까?"

움직이자고 말한다. 다 죽은 눈빛이었다. 정상수도 뭔가 심상치 않음을 느낀 건지.

"그래. 가 보자고."

진찬수를 데리고서 자신의 집무실을 향해 갔다.

"흐음……."

그걸 가만히 바라보는 이가 분명 하나 있었다.

* * *

집무실에 들어오자마자 들려오는 진찬수의 목소리는 간절했다.

"형님. 그만두면 안 되겠습니까?"

"뭘? 뭘 그만두자는 거야?"

"레이드 말입니다. 아니, 여기 서부 진출 자체를 그만두면 안 되겠습니까? 예?"

"……뭔 소리야."

한참 진찬수를 걱정하던 정상수로서도 어이가 없을 지경.

잘 움직여 주기만 하던 진찬수가 대체 왜 이러나 하는 표정이었다. 어이가 없음이 확연히 느껴졌다.

이야기를 듣는 정상수의 표정이 변하든 말든 진찬수는 진지했다.

"자세히는 말하지 못합니다. 그냥 저 하나 믿고 안 하면 안 되겠습니까?"

"……찬수야."

"부탁드립니다. 제가 뒤는 어떻게든 책임져 볼 테니까. 어찌 안 되겠습니까?"

"안 되는 거 알지 않냐? 이미 많은 게 걸려 있다. 이 뒤는 바로 절벽이라고. 그만두자는 게 절벽으로 뛰어내리자는 거밖에 더 되냐?"

"형님!"

"……시끄럽다."

하지만 그 대답은 거절.

정상수의 말대로 길드는 총력을 다하고 있는 상황이었다. 이 상태 그대로 레이드를 그만두고 물러난다고 해 봐야, 그때는 길드가 해체되는 것밖에 남지 않는다.

해체 뒤?

뭘 하겠는가. 잘해야 공격대나 이끌고 살아야 할 거다.

그런 삶은 정상수로서는 꿈꾼 적도 없었다.

오래전부터 함께 해 온 진찬수는 그걸 이해를 할 텐데도 막무가내였다.

꽤 긴 시간 그런 말도 안 되는 이야기가 오갔다. 결국 포기를 하는 쪽은.

"크흐…… 알겠습니다."

진찬수였다. 그는 더는 어쩔 수 없다는 듯 신음을 삼키고는 물러났다. 그런 진찬수에게.

"네가 요즘 너무 힘든가 보다. 오늘은 잠시 쉬라고. 너무 걱정하지 말고."

길드장 정상수로서는 나름 배려를 하지만, 진찬수의 표정은 펴질 줄을 몰랐다.

더욱 굳어져 갈 뿐이었다. 마치 무언가가 있다는 듯이.

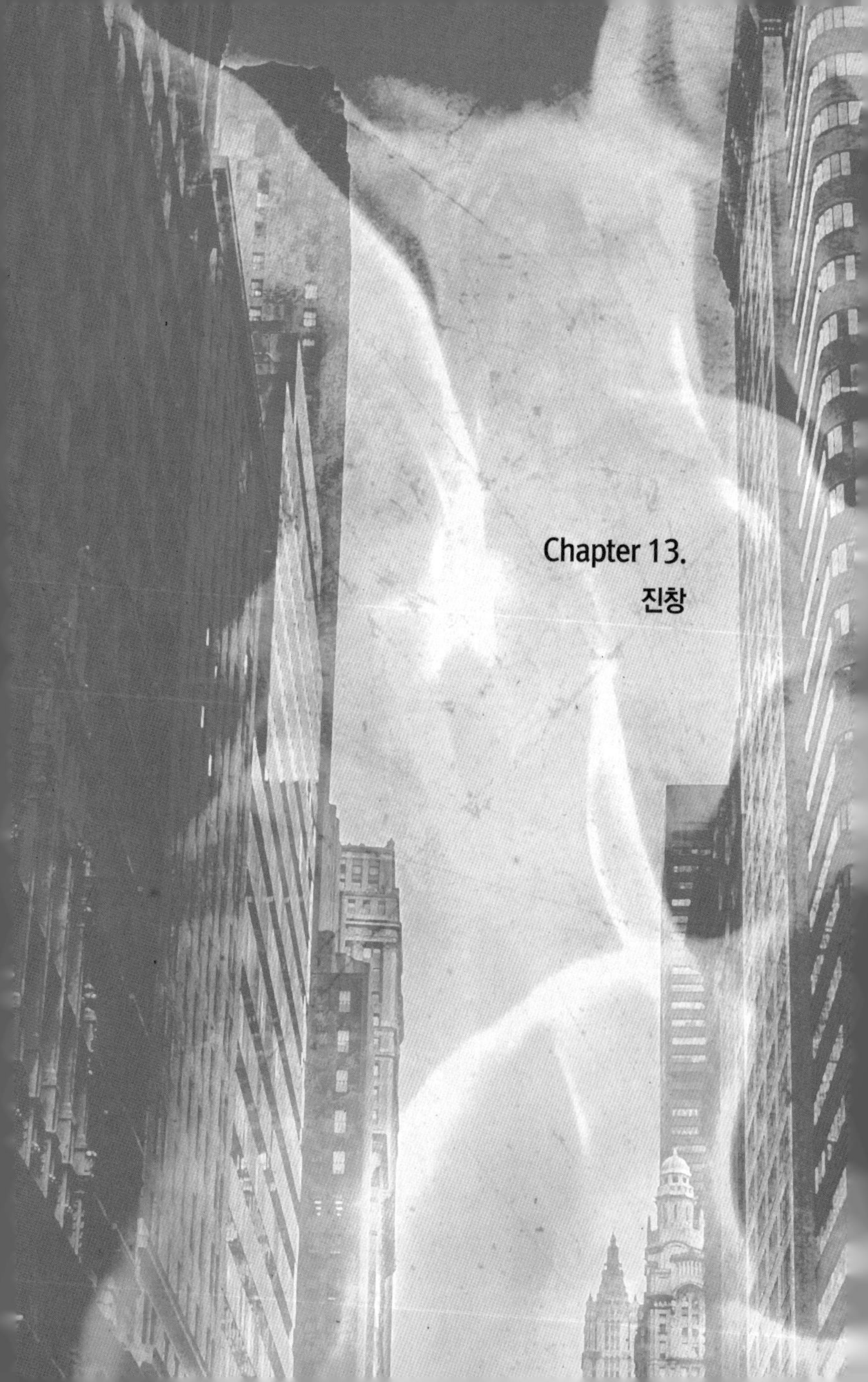

Chapter 13.
진창

쿠웅.

집무실 문을 세게 닫는 거 정도가, 진찬수가 할 수 있는 최대한의 분풀이이자 의견 표출이었다.

'어쩔 수 없나…….'

조금은 멍한 표정으로 나오는 진찬수의 귀로 날카로운 목소리가 들려온다.

"허튼짓은 하지 말라고 하지 않았습니까?"

"너!"

눈앞의 인물을 보자마자 굳은 표정을 짓고 있던 진찬수의 얼굴이 분노로 물든다.

상대는 고한조. 진찬수와 같은 천정 길드의 간부였다. 원거리 딜러로의 능력이 꽤 특출 난 자이기도 했다.

그런 그의 표정에는 진찬수에 대한 비웃음이 가득했다.

"어차피 썩은 동아줄입니다. 이제 슬슬 갈아탈 때 된 거 아닙니까?"

"네가 어떻게 그런 말을 하나!"

"안 하면요? 안 하면 어떻게 하겠습니까? 이미 그렇게 정해진 걸."

"후……."

이미 그렇게 정해졌다는 말.

그 말 한마디에, 고한조를 쏘아붙일 듯 기세를 드러내던 진찬수의 기세가 푹하고 사그라든다.

'이미 정해졌다라…….'

그가 깨부술 수 없는 어떤 벽. 평생 도달하기 힘든 어떤 벽을 마주한 듯 절망 어린 표정을 지을 뿐이었다.

결국 진찬수는 다시 멍한 표정을 짓는다.

"입만 다물면 사는 겁니다. 입만 다물면……."

"……."

그런 그의 어깨를 고한조가 툭툭 친다. 마치 응원을 하듯이. 하지만 얼굴 표정에는 분명 조롱이 담겨 있었다.

자신이 놀림을 받음을 알고 있음에도 진찬수는 아무런

반응을 하지 못하고 있었다.

자신을 놀리고 간 고한조에게 분노를 표출하지도 않는다.

'형님…….'

다만 복잡한 눈을 하고 아직 정상수가 있을 집무실을 가만 바라볼 뿐이었다.

이상함과 복잡함.

그런 여러 가지 속내를 가진 채로, 천정 길드는 바삐 움직이고 있었다. 무언가 알 수 없는 마수가 움직이듯이.

* * *

"상당하군요."

"그렇죠? 이거 덕분에 일이 빨라질 거 같다 이 말입니다."

여우굴에서 얻은 걸 가지고 신나서 길드 본부로 돌아왔다.

그걸 보여주니, 잘 놀라지 않은 운이철마저도 놀랄 정도였다.

"와아……."

"이게 얼마예요?"

옆에 있는 이서영이나 한서은도 놀란 기색이 역력했다. 너무 놀라면 말이 안 나온다더니. 그녀들도 마찬가지로 어떤 말도 못 했다.

그나마 정신을 빨리 차리는 쪽은 운이철이었다.

"확실히 일이 빨라질 거 같기는 합니다. 돈으로 처리할 수 있는 것들은요."

"이거 외에도 여러 개 더 있다고 하니, 당장 자본은 충분할 겁니다."

"그렇겠죠. 이제 밑그림 그리던 걸 더 빠르게 할 수 있겠습니다."

"당장 움직일까요?"

"물론입니다!"

"흐흐. 어디 돈지랄 좀 제대로 해 봅시다!"

신이 나서 당장 움직이기 시작했다.

* * *

우락부락한 자들이 넘치는 곳.

설사 우락부락하지 않다고 하더라도, 일을 통해서 근력을 마음껏 키울 수 있는 곳. 그곳이 바로 공사장이다!

그곳의 한가운데를 항상 망부석처럼 지키면서, 주변을 호령하고 있는 이호준이 있었다.

"소장님!"

그를 발견하자마자 김기환은 신이 나서 달려갔다.

누가 봐도 기쁜 기색이 역력한지라, 김기환을 바라보는 이호준의 얼굴에도 미소가 가득 번진다.

"오. 왔나? 일 잘 끝났다지? 서부도 이제는 자네 거구만."

"어디서 그렇게 빨리 듣습니까?"

"다 정보통이 있지!"

이호준이 놀랄 소식을 가지고 왔는데, 되려 놀라는 쪽은 김기환이었다.

'정보통이 대체 어디 있는 거지.'

주은영을 무너트린 지 하루밖에 되지 않았다. 아니 정확히는 하루도 안 됐다고 하는 게 정확했다.

그런데 이호준 소장은 어디서 듣는 건지, 잘도 미리 알고 있었다.

'딱히 비밀로 한 건 아닌데…… 흐음.'

비밀로 한 건 아니어도, 이렇게 빠르게 알 만한 건 아닌 상황. 그런데도 파악을 하고 있다니.

이능력을 떠나서, 이호준 이자의 능력도 여러모로 대단할지도 몰랐다.

"그래. 그런데 무슨 일인가? 공사도 순조롭게 진행을 하고 있네만?"

"아. 그게 부탁 좀 하려고 왔습니다!"

"부탁?"

"예. 흐흐. 생각 이상으로 놀라실지도 모릅니다."

이호준의 물음에 그제서야 본론으로 들어가는 김기환이었다.

김기환은 신이 나서 자신의 계획을 하나둘씩 꺼내기 시작했다.

모두는 아니더라도, 앞으로 일을 맡아줘야 할 이호준에게 할 수 있을 만큼의 이야기는 다 했다.

어마어마한 계획.

한 사람이 해낼 수 있을지 없을지 모를 계획을 들은 이호준의 표정은 다채롭게 변해 갔다.

진지해졌다가, 신기해하다가, 설레어하기도 했다. 또 때로는 걱정 어린 표정까지 할 정도였다.

그리고 내린 결론 한 마디는.

"대단해! 정말로 대단하다고!"

결국 감탄이었다.

새삼 이호준이 김기환을 대단하다는 눈빛으로 바라본다.

'우혁이 그 녀석이 이곳으로 가면 재밌을 거라고 하더

니…… 정말 큰일에 끼게 됐군. 변화라…….'

그로서는 생각지도 못한 거대하고 원대한 계획. 그 계획에 그는.

"……좋아. 어디까지 갈 수 있나 한번 보자고. 그 계획에 이쪽도 한 몸 동참해 보지."

동참했다.

남자로서, 또한 현재를 살아가는 헌터로서 기꺼이 해내겠다는 듯, 이호준의 눈이 의지로 반짝였다.

그의 동참에 김기환이 신나서 묻는다.

"흐흐. 감사합니다. 바로 움직여 주실 수 있는 거죠?"

"아니. 잠시 다녀오기는 해야 할 걸세."

"음? 어디를요?"

생각지 못한 대답. 허나 그 답은 상상 이상의 것이었다.

"이런 일이 한둘로 어디 되겠는가. 기다려 보게나. 내 괜찮은 자들을 데려올 테니까."

"오…… 그렇다면야 기꺼이!"

자신이 동참하는 것 그 이상으로.

이호준이 김기환의 계획에 아주 제대로 발을 디디려고 하고 있었다.

"그럼 맡기겠습니다!"

"얼마든지! 길드장은 돈만 내라고. 돈만. 아주 돈 잡아먹는 귀신이 어떤 건지 보여줄 테니까."

"기대하겠습니다!"

"그래. 그럼 오늘은 이만 움직여 봐야겠군."

과연 화통한 성격답게, 이호준은 금세 자리를 뜨더니 움직이기 시작했다.

결심을 하면 바로 움직이는 타입인 듯했다.

'대단한데…….'

얼마 뒤. 이호준이 돌아올 때쯤이면, 경기 서부는 때 아닌 붐이 일어날 것이 분명했다.

*　　*　　*

잠시 눈을 붙이고, 주은영의 여러 '굴' 중에 하나를 다녀왔음에도 김기환이 할 일은 많았다.

그건 밤이 되었음에도 마찬가지였다. 아니 밤이기에 더욱 빠르게 움직여줘야 했다.

"다 모였어?"

"예. 하나도 빠짐없이요."

"늦었을 리가 없잖아요? 그나저나 우리 운이철 씨는요?"

밤임에도 많은 수의 헌터들이 모여 있었다. 전부 이준성의 밑으로 있던 자들이다. 그도 아니면, 김민희가 데려온

부하들이다.

하기는 누가 데려왔든 뭐가 중요하나. 어차피 전부 자라난에 속한 이였다.

그날도 어김없이 운이철, 운이철 하는 사모곡을 부르는 김민희였지만.

"우리 운이철 씨는 오늘 분석으로 바쁘다고!"

"칫. 그럼 저는 빠지면……."

"불가! 자꾸 그러면 운이철 바깥으로 돌릴 거라고?"

"……치사하네요."

"헹."

아주 깔끔하게 제압하는 김기환이었다.

김민희도 더 해 봐야 자신이 손해인 것을 아는지 오늘만큼은 순순히 물러나 줬다.

"아무리 막아도 어차피 운이철 씨는 제 거라고요!"

어째 마지막에 남기는 말이, 예사롭지 않기는 했다.

'저러다 덮치는 거 아냐?'

아닌 밤중에 운이철이 덮쳐질 걱정을 해야 할지도 모른다는 생각이 스쳐 지나갈 그런 말이었다.

하기는 당장 운이철이 뭐가 중요하겠는가. 마무리를 확실히 하는 것이 중요했다.

"시끄럽고. 다들 정해진 구역은 기억하고 있지?"

"예!"

김기환의 물음에 다들 일사불란하니 대답을 한다. 한 사람만 빼고.

김기환이 그 한 사람에게 시선을 주자.

"거기 김민희 양은?"

"……안다고요. 아주 잘 알아요. 빨리 끝내고 올 거니까요!"

그제서야 답을 해주는 김민희였다.

'휴우…… 대체 뭘 보고 빠진 건지…….'

저 정도면 아주 중증인 모습이다. 그 모습에 김기환이 한숨을 크게 내쉰다.

그에 상관없이 김민희는 주먹을 꽉 쥐면서 각오를 다지는 모습이었다.

그녀가 말한 대로 아주 빨리 끝내고 운이철을 보러 올 것이 분명하다.

'분명 별명이 암사자라고 들었는데…….'

암사자가 수사자에 푹 빠져들면 어찌 변할 수 있는지를 아주 잘 보여주는 김민희였다.

누가 저런 그녀를 보고 암사자라고 말할까. 사랑에 빠지면 변한다고 하지만 그녀는 그 정도가 너무 심했다.

그녀에게 당한 자들이 억울해할지도 모를 그런 모습이었